北玄武 · 一

낭송 토끼전 / 심청전

낭송Q시리즈 북현무 01
낭송 토끼전/심청전

발행일 초판1쇄 2015년 4월 5일(乙未年 庚辰月 辛亥日 淸明) |
풀어 읽은이 구윤숙, 손영달 | **펴낸곳** 북드라망 | **펴낸이** 김현경 |
주소 서울시 중구 청파로 464, 101-2206(중림동, 브라운스톤서울) |
전화 02-739-9918 | **이메일** bookdramang@gmail.com

ISBN 978-89-97969-60-9 04810 978-89-97969-37-1(세트) | 이 도서의 국립중앙도
서관 출판시도서목록(CIP)은 서지정보유통지원시스템 홈페이지(http://seoji.nl.go.
kr)와 국가자료공동목록시스템(http://www.nl.go.kr/kolisnet)에서 이용하실 수 있습
니다.(CIP제어번호: CIP2015008458) | 이 책은 저작권자와 북드라망의 독점계약에
의해 출간되었으므로 무단전재와 무단복제를 금합니다. 잘못 만들어진 책은 서점에
서 바꿔 드립니다.

책으로 여는 지혜의 인드라망, 북드라망 **www.bookdramang.com**

낭송
Q
시리즈

북현무
01

낭송
토끼전/심청전

구윤숙
손영달
풀어
읽음

고미숙
기획

티

▶낭송Q시리즈 『낭송 토끼전/심청전』 사용설명서◀

1. '낭송Q'시리즈의 '낭송Q'는 '낭송의 달인 호모 큐라스'의 약자입니다. '큐
라스'(curas)는 '케어'(care)의 어원인 라틴어로 배려, 보살핌, 관리, 집필, 치
유 등의 뜻이 있습니다. '호모 큐라스'는 고전평론가 고미숙이 만든 조어로,
자기배려를 하는 사람, 즉 자신의 욕망과 호흡의 불균형을 조절하는 능력을
지닌 사람을 뜻하며, 낭송의 달인이 호모 큐라스인 까닭은 고전을 낭송함으
로써 내 몸과 우주가 감응하게 하는 것이야말로 최고의 양생법이자, 자기배
려이기 때문입니다(낭송의 인문학적 배경에 대해 더 궁금하신 분들은 고미숙이
쓴 『낭송의 달인 호모 큐라스』를 참고해 주십시오).

2. 낭송Q시리즈는 '낭송'을 위한 책입니다. 따라서 이 책은 꼭 소리 내어 읽
어 주시고, 나아가 짧은 구절이라도 암송해 보실 때 더욱 빛을 발합니다. 머
리와 입이 하나가 되어 책이 없어도 내 몸 안에서 소리가 흘러나오는 것, 그
것이 바로 낭송입니다. 이를 위해 낭송Q시리즈의 책들은 모두 수십 개의 짧
은 장들로 이루어져 있습니다. 암송에 도전해 볼 수 있는 분량들로 나누어
각 고전의 맛을 머리로, 몸으로 느낄 수 있도록 각 책의 '풀어 읽은이'들이
고심했습니다.

3. 낭송Q시리즈 아래로는 동청룡, 남주작, 서백호, 북현무라는 작은 묶음이
있습니다. 이 이름들은 동양 별자리 28수(宿)에서 빌려 온 것으로 각각 사계
절과 음양오행의 기운을 품은 고전들을 배치했습니다. 또 각 별자리의 서두
에는 판소리계 소설을, 마무리에는 『동의보감』을 네 편으로 나누어 하나씩
넣었고, 그 사이에는 유교와 불교의 경전, 그리고 동아시아 최고의 명문장들
을 배열했습니다. 낭송Q시리즈를 통해 우리 안의 사계를 일깨우고, 유(儒)·
불(佛)·도(道) 삼교회통의 비전을 구현하고자 한 까닭입니다. 아래의 설명을
참조하셔서 먼저 낭송해 볼 고전을 골라 보시기 바랍니다.

▷ 동청룡: 『낭송 춘향전』, 『낭송 논어/맹자』, 『낭송 아함경』, 『낭송 열자』,
『낭송 열하일기』, 『낭송 전습록』, 『낭송 동의보감 내경편』으로 구성되어 있
습니다. 동쪽은 오행상으로 목(木)의 기운에 해당하며, 목은 색으로는 푸
른색, 계절상으로는 봄에 해당합니다. 하여 푸른 봄, 청춘(靑春)의 기운이

가득한 작품들을 선별했습니다. 또한 목은 새로운 시작을 의미하기도 합니다. 청춘의 열정으로 새로운 비전을 탐구하고 싶다면 동청룡의 고전과 만나 보세요.

▷ 남주작: 「낭송 변강쇠가/적벽가」 「낭송 금강경 외」 「낭송 삼국지」 「낭송 장자」 「낭송 주자어류」 「낭송 홍루몽」 「낭송 동의보감 외형편」으로 구성되어 있습니다. 남쪽은 오행상 화(火)의 기운에 속합니다. 화는 색으로는 붉은색, 계절상으로는 여름입니다. 하여, 화기의 특징은 발산력과 표현력입니다. 자신감이 부족해지거나 자꾸 움츠러들 때 남주작의 고전들을 큰소리로 낭송해 보세요.

▷ 서백호: 「낭송 흥보전」 「낭송 서유기」 「낭송 선어록」 「낭송 손자병법/오자병법」 「낭송 이옥」 「낭송 한비자」 「낭송 동의보감 잡병편 (1)」로 구성되어 있습니다. 서쪽은 오행상 금(金)의 기운에 속합니다. 금은 색으로는 흰색, 계절상으로는 가을입니다. 가을은 심판의 계절. 열매를 맺기 위해 불필요한 것들을 모두 떨궈 내는 기운이 가득한 때입니다. 그러니 생활이 늘 산만하고 분주한 분들에게 제격입니다. 서백호 고전들의 울림이 냉철한 결단력을 만들어 줄 테니까요.

▷ 북현무: 「낭송 토끼전/심청전」 「낭송 대승기신론」 「낭송 도덕경/계사전」 「낭송 동의수세보원」 「낭송 사기열전」 「낭송 18세기 소품문」 「낭송 동의보감 잡병편 (2)」로 구성되어 있습니다. 북쪽은 오행상 수(水)의 기운에 속합니다. 수는 색으로는 검은색, 계절상으로는 겨울입니다. 수는 우리 몸에서 신장의 기운과 통합니다. 신장이 튼튼하면 청력이 좋고 유머감각이 탁월합니다. 하여 수는 지혜와 상상력, 예지력과도 연결됩니다. 물처럼 '유동하는 지성'을 갖추고 싶다면 북현무의 고전들과 함께하세요.

4. 이 책 「낭송 토끼전/심청전」은 신재효 판소리 여섯 마당 중 「토별가」(신씨 가장본)와 「심청가」(신씨가장본)를 저본으로 하되, 창본 「수궁가」와 「심청가」를 두루 참고하여 독자들이 낭송하기 쉽도록 풀어 읽었습니다.

차 례

『토끼전』·『심청전』은 어떤 책인가 :
물 만난 토끼와 심청, 지략과 지혜의 이중주 9

『토끼전』편

1. 토끼의 간을 구해오라 22

1-1. 용왕이 병이 나서 신음하며 우는구나 23
1-2. 조정의 비린내가 어시장보다 더하구나 27
1-3. 토끼 잡으러 저희들이 가라시오 31
1-4. 신의 정성대로 기필코 구하리다 35
1-5. 주부가 길을 떠나다 39

2. 벼슬하러 수궁 가자 43

2-1. 남성 선생이라 불렀습죠 44
2-2. 낭야산의 동물 회합 48
2-3. 여우 그놈 웃음소리 뼈가 저려 못 듣겠네 52
2-4. 여보, 토생원 55
2-5. 고향이 편안한데 어찌 따라갈 수 있소 60
2-6. 벼슬하러 수궁 간다 64

3. 꾀주머니 열렸구나 68

　3-1. 배 내밀어 칼 받아라 69

　3-2. 간이 없이 왔사오니 절통하기 측량없소 74

　3-3. 아나 옜다, 배 갈라라 79

　3-4. 이번에는 살았구나 84

　3-5. 저기 저것 무엇이냐 87

　3-6. 토끼, 주부와 이별하다 91

　3-7. 토끼의 마지막 고난 94

『심청전』편

1. 심봉사의 젖동냥, 심청의 아비 봉양 102

　1-1. 불효 중에 자식 없음 가장 크네 103

　1-2. 심청, 태어나다 106

　1-3. 곽씨 부인의 유언 110

　1-4. 세상사 모두 다 뜬구름이라 114

　1-5. 젖 달라 우는 자식, 아내 생각 우는 가장 118

　1-6. 심청이 아비를 봉양하다 121

2. 심청의 목숨 값 공양미 삼백 석 124

　2-1. 심학규 백미 삼백 석 125

　2-2. 남경 뱃사람에게 몸을 팔다 128

　2-3. 심청의 이별 준비 132

2-4. 부녀, 이별하다 136

2-5. 소상팔경을 지나가다 140

2-6. 심청이 인당수에 몸을 던지다 142

2-7. 용왕이 심청을 거두다 146

3. 만세 만세 만만세, 감았던 눈을 뜨네 150

3-1. 연꽃 타고 돌아온 심청 151

3-2. 맹인 잔치를 열다 156

3-3. 심봉사, 뺑덕 어미를 만나다 159

3-4. 잔치 가는 심봉사, 벌거벗은 알봉사 163

3-5. 황성 들판에서 방아를 찧다 167

3-6. 심씨 부녀 상봉하다 170

3-7. 천하 맹인 눈을 뜨다 173

『토끼전』·『심청전』은 어떤 책인가

물 만난 토끼와 심청,
지략과 지혜의 이중주

눈물, 콧물, 강물, 바닷물 — 온갖 물을 만나다

토끼와 심청이 한 배를 탔다. 배의 이름은 낭송Q시리즈 북현무 호. '낭Q'의 이름으로 묶인 네번째 판소리 낭송집이다. 그런데 그 조합이 예상 밖이다. 별주부자라의 꾐에 속아 용궁에 다녀온 토끼의 이야기. 아비의 눈을 띄려 인당수에 몸을 던진 심청의 이야기. 재치 만점, 말발 충만, 처세의 달인 토끼와, 감내하고, 감내하고, 또 감내하는 인고의 캐릭터 심청. 아무리 보아도 안 어울리는 듯한 두 개의 이야기를 묶으며 우리는 별자리를 생각했다. 『토끼전』과 『심청전』이라는 이질적인 두 별을 이어, 북쪽과 겨울을 상징하는 북현무의 별자리 하나를 그려 낸 셈이다. 별과 별은 수억 광년의 거리를 두고 떨어져 있지만, 이들이 별자리로 하나 되어 묶일 때, 새로운 형상과 의미로 거듭난다. 이 책이 아마도 그렇지 않을까? 지략의 달인과 지혜의 달인이 펼치는 기묘한 이중주는 낯설고도 매력적인 하모니를 자아낼 것이다.

두 이야기에 공통점이 있다. 물에 빠졌다는 것, 그리고 용궁에 다녀왔다는 것. 물론 둘의 사정은 제각기 다르다. 둘 다 물에 빠졌으되, 토끼는 모르고 빠졌고, 심청은 알고 빠졌다. 벼슬 욕심에 눈이 먼 토끼는 자라의 꾐에 넘어간다. 손잡이도 쿠션도 없는 딱딱한 등 위에 올라 멀미에 구토까지 하며 용궁으로 간다. 용궁 문을 지키고 있던 문지기와 대화를 하기 전까지 토끼는 모르고 있었다. 자신이 용왕의 약으로 잡혀 왔음을. 심청은 장님 아비가 두 눈 환히 뜨길 염원하며 상인들의 큰 배에 제 발로 올라탄다. 팔자 좋은 동무들을 원망도 하고, 시커먼 인당수 바다를 보고 겁을 집어먹어도, 심청은 두렵고 무서운 저승길을 제 발로 걸어갔다. 이 문제는 제쳐 두자. 알고 빠졌건 모르고 빠졌건, 어쨌든 '물'에 빠졌다는 것이 중요하다.

왜 물이 중요한가? 목화토금수木火土金水 오행五行 중에 물은 지혜의 상징이다. 물은 흐른다. 주변의 지형에 맞게 모습을 바꿔 가며 스스로 제 갈 길을 찾아간다. 어떤 형태의 그릇이든 그에 맞게 제 모습을 맞춘다. 그렇기에 물을 지혜롭다 일컫는다. 『토끼전』에 등장하는 토끼와 별주부는 그 꾀가 보통이 아니니 물의 기운과 꼭 맞는다. 육지 동물 토끼를 말 하나로 꾀어 용궁으로 데려가고, 배 가르는 칼이 눈앞에 와 있는데 말도 안 되는 간肝 스토리를 지어내는 게 보통 꾀로는 어림없는 일이다. 별주부가 토끼를 속이고, 토끼가 용궁의 만조백관滿朝百官들을 속이는 말발의 향연, 불꽃 튀는 지략의 대결은 단연 『토끼전』의 하이라이트다.

물은 또한 낮은 곳으로 흐른다. 남들이 꺼리는 비천한 자리를 향해 제 발로 걸어 들어간다. 낮은 곳을 채우며 주변을 윤택하게 한다. 그러면서 만물을 길러 낸다. 자기를 낮추고 남을 높이는 것, 이것이 물의 덕이다. 그런 점에서 심청 역시 물에 부합하는 지혜의 소유자다. 어려서부터 아비를 봉양하고 인당수의 제물되기를 자처한 것, 자기를 낮추지 않고는 불가능한 일이다. 심청은 스스로를 낮추며 주변을 높였다. 그 마음이 천지를 감화시켜 심봉사를 비롯하여 세상 천지 봉사들의 눈을 모두 뜨게 했다.

물은 자기를 낮추기에 사물의 본질을 꿰뚫어 아는 지혜를 가진다. 심청이 그렇다. 심청沈淸의 이름 청은 '눈망울 정睛'과 통한다. 아비를 대신하여 보고 아비의 길을 이끄는 역할이 심청의 몫이다. 따라서 심청을 그저 맘만 착한 효녀로 보면 그녀의 진가를 10%도 못보는 것이다. 심청은 아버지보다도 삶의 문제를 더 깊이 꿰뚫어 보고 있는 지혜로운 여인이다. 현실감 없는 사고뭉치 아버지 심봉사의 허풍 덕에 죽음의 나락에 내몰린 심청. 인당수의 사나운 파도 앞에 치마폭으로 얼굴을 감쌌지만, 심청은 직시하고 있었다. 자기 운명과 현실, 그리고 삶의 행로를. 끝모를 삶의 나락에서 심청은 외면도 회피도 하지 않았다. 자기에게 주어

진 길을 스스로 걸어갔다. 그녀의 삶은 한 치 앞도 헤아리지 못하는 우리에게 던지는 하나의 커다란 질문이다. 겹겹이 쌓인 불운 속에서 운명이란 것과 어떻게 마주해야 하는가.

이렇듯 『토끼전』과 『심청전』은 각기 다른 방식으로 인간의 지혜에 대한 비전을 보여 주고 있다.

토끼와 별주부의 끝나지 않은 싸움

『토끼전』의 스토리는 토끼와 별주부 간의 아슬아슬한 두뇌싸움이다. 그러나 둘이 놓인 상황의 대비는 극명하다. 둘 다 꾀를 써서 거짓말을 해대지만 토끼의 거짓말은 제가 살기 위해요, 자라의 거짓말은 제 임금을 살리기 위해서다.

좋게 보면, 토끼는 약한 산짐승으로 하루하루 살아남는 것도 힘겨운 백성의 초상이요, 별주부는 탐관오리와 간신奸臣들이 판치는 용궁에 하나 남은 충신忠臣이다. 나쁘게 보면, 토끼는 벼슬 욕심에 제 발로 재앙을 불러온 소인이요, 별주부는 술병난 제 임금 살리겠다고 죄 없는 양민의 목숨을 뺏는 관리다. 둘 다 정당하고 둘 다 부당하다. 누구의 편을 들 것인가? 쉽지 않다. 이 문제는 아직도 해결이 나지 않았다.

전공자들에 따르면 토끼와 자라의 이야기는 판소리 중에서도 가장 이본이 많은 텍스트다.『토끼전』,『별주부전』,『토별가』,『별토가』,『수궁가』등등. 그 제목도 다양하고, 캐릭터도 각기 다르다. 토끼가 주인공인 판본도 있고, 자라가 주인공인 판본도 있다. 어떤 판본에는 토끼가 용왕의 신임을 얻은 후에 자라의 마누라와 간통을 하기도 하고, 어떤 판본에서는 불쌍한 자라의 처지를 동정해 주기도 한다. 결론도 각기 달라 어떤 판본에는 용궁으로 돌아간 자라가 모함을 받아 죽임을 당하기도 하고, 어떤 판본에서는 신선이 내려와 자라에게 약을 주어 용궁에 가 출세를 하기도 한다. 토끼가 똥을 약이라고 쥐어 준 판본도 있다. 조선 민중들도 분분하였던 것이다. 토끼와 자라의 밀고 당기는 지략전이 대체 어떤 의미인가를. 죽을 위기와 극적 탈출이 또아리 틀듯 이어지는 삼재팔난三災八難: 삼재와 팔난이라는 뜻으로, 모든 재앙과 곤란을 이르는 말의 일대기가 우리네 삶의 어떤 면모를 그려내고 있는지를. 소리꾼들은 그런 청중들의 마음을 미세하게 읽으면서 토끼와 자라 사이에서 줄타기를 하였으리라.

토끼와 자라를 둔 다양한 이야기들 속에 하나 분명한 건, 현실에 대한 통렬한 비판과 풍자를 담고 있다는 것이다. 이야기가 펼쳐지는 공간을 떠올려 보라. 용궁이든 낭야산의 동물회합이든 대부분 심각한 부패의 온상이다. 용궁의 어전 회의는 '어시장보다 더한 비린내'가 나고, 낭야산 회합에선 가장 약한 다람쥐의 겨울 양식을 털어 먹는다. 용왕은 궁궐 대공사를 마무리 하는 피로연에서 호의호식에 지쳐 병이 났고, 산군山君은 간신배에 둘러 싸여 백성을 잡아먹는다.

『토끼전』의 풍자엔 성역이 없다. 등장인물들의 행태는 모두 탐욕과 찌질함의 극치다. 힘 있는 자가 주린 자를 등쳐 먹는 약육강식의 세상. 강자가 누리는 풍요는 무지와 부패와 병고病苦가 되어 스스로를 옭아맨다. 약자는 약자대로 끝도 없는 고초를 겪어야 한다. 토끼는 기지를 발휘해 용궁에서 탈출하지만 올가미에 걸려 죽을 위기를 맞는다. 파리 떼가 쉬를 슬어 '골병이 단디 들고', 독수리에 낚아 채이고, 포수의 총탄에 두 귀가 뎅강 날아간다. 오죽하면 홀연히 이 세상 등지고 신선 따라 월궁으로 떠났겠는가? 공평할 것도, 정의로울 것도 없는 풍진風塵 세상! 『토끼전』의 소리꾼들은 동물우화라는 형식을 빌려 아주 수위가 높은 정치 풍자를 하고 있는 것이다. 그것이 아주 직접적이면서도, 아주 유쾌하다! 그러한즉 지혜롭다 아니할 수 없구나!

심청, 운명의 수레바퀴를 굴려라

사람들은 심청전을 '눈물'의 이야기로 기억한다. 한순간의 실수로 고이 기른 딸을 잃어야 했던 홀아비의 눈물. 눈 먼 아비를 두고 열다섯 꽃다운 나이에 죽어야 했던 심청의 눈물. 이런 사람들은『심청전』의 딱 절반만 본 것이다. 사람들이 잘 모르는『심청전』의 나머지 절반, 그것은 다름 아닌 '웃음'이다.

　『심청전』은 사람을 울고 웃긴다. 눈물이 뺨을 타고 내릴 무렵 느닷없이 나타나 사람을 웃겨댄다. 사람들이 잘 알아채지 못하게 낮게 포진해 있는『심청전』의 웃음은 단언컨대, 이 이야기의 관전 포인트다! 그 중 심청이 눈물 담당이라면 웃음은 그 어미와 아비의 몫이다. 심청을 낳고 죽은 어머니 곽씨 부인을 사람들은 봉사 남편을 봉양하다 산고 끝에 스러져 간 비운의 주인공으로 기억할 것이다. 자세히 들여다보면 꼭 그렇지만은 않다. 놀라지 마시라. 심봉사의 어머니 곽씨 부인은 사실 일수꾼이었다.^^ 성황당서 방울도 깨나 흔들던 위인이다. 심봉사는 또 어떠한가? 심청의 모진 운명에 눈물이 턱을 타고 흐를 무렵, 상식을 깨는 행동으로 읽는 이의 배꼽을 잡게 만든다. 맹인 잔치 가는 길에 의관 행장 도둑맞고 원님께 옷가지와 담배

를 구걸하는 대목, 방아 찧는 여인네들에게 추파를 던
지는 대목은 가히 압권이라 할 만하다.

그렇다면 이 이야기에서 웃음은 어떤 역할을 할까?
용궁에서 재회한 곽씨 부인이 심청에게 말한다.

"너를 만난 나의 기쁨, 너를 잃은 부친 설움에 비길
쏘냐. 아비 영영 이별하고 어미 다시 상봉하니, 인간
사 고락이란 영원하지 아니하다. 오늘 나를 이별하
고 부친 다시 만날 줄도 네가 어찌 알겠느냐?"

인간사의 고락이란 영원하지 않다는 것! 영원한 기
쁨도 영원한 슬픔도 없기에, 죽음 뒤에 삶이, 슬픔 뒤
에 기쁨이 뒤따른다는 것!『심청전』의 웃음은 돌고 도
는 세상의 섭리를 드러낸다. 세상사의 섭리는 수레바
퀴와 같다. 삶이 있는가 하면 죽음이 있고, 죽음은 다
시 새로운 삶으로 이어진다. 만남이 있으면 이별이 있
고, 이별 뒤에는 다시 새로운 만남이 찾아든다. 기쁨
이 있으면 슬픔이 있고, 슬픔이 있은 뒤엔 다시 기쁨
이 뒤따른다. 이 묵직한 메시지가『심청전』 전체를 관
통한다. 서사의 전개도 이 원리를 따른다. 곽씨 부인
의 죽음이 있으면 심청의 탄생이 있고, 헤어짐의 슬픔
이 있으면 상봉의 기쁨이 있다.

많은 사람들이 『심청전』을 부모를 위해 자기 목숨을 버린 효녀의 이야기로 기억한다. 다른 각도에서 이 이야기를 보자. 여기에 돌고 도는 운명, 울고 웃는 삶의 이야기가 있다.

낭송본 판소리, 또 하나의 이본

『토끼전』은 신재효 본 「토별가」를 뼈대로 삼아 윤문했다. 그러나 신재효 본에는 없는 용왕의 병과 토끼의 마지막 고생담을 다른 판소리 창본에서 가져다가 삽입했다. 용왕의 병이 나랏일에 수고하거나 연로하여 생긴 것이 아니고, 지나친 음주가무와 보양식으로 생긴 것이란 걸 창본만이 여실하게 보여 주고 있기 때문이다. 토끼 역시 그러했다. 토끼가 제 한 목숨 부지하기도 힘든 조선 백성의 초상임을 보여 주려면 창본이 필요했다.

『심청전』 역시 신재효 본을 뼈대로 삼았으나, 고전 인용이 연이어 나오는 부분이나 캐릭터의 생동감을 감소시키는 부분은 과감히 제외했다. 효의 아이콘으로 채색된 심청이 아닌 낯선 심청의 얼굴을 조명하고 싶었기 때문이다. 그래서 창본에 있는 일화들을 기웃

거렸다. 예를 들자면 이런 것이다. 신재효 본에서 심청은 인간 세상을 구원하러 온 선녀인데, 창본에는 옥황상제 심부름 가는 길에 친구와 수다 떨다 지각하여 인간 세상에 떨어진 선녀로 나온다. 친구와의 수다를 좋아했던 평범한 청춘, 그것이 결국 심청의 영혼이었다는 것. 이런 에피소드들이 비장미에 짓눌린 심청의 구원자 이미지에 숨통을 트게 하리라 기대했다.

이 책은 낭송용 판소리 책이다. 소리가 몸을 울리고, 언어가 삶을 일깨우는 낭송의 독법을 실험하기 위한 책이다. 이를 위해 어려운 한자어와 옛말은 최대한 알기 쉽게 현대어로 풀었으며, 재밌는 감탄사나 의성어, 의태어, 바꿀 수 없는 기물 이름 등은 그대로 살렸다. 창본에 나오는 구성진 표현들도 살려 보려고 애썼다. 최대한 4·4조 운율에 맞추되 의미가 잘 들어오도록 다듬었다. 이 책에 실린 두 개의 물 이야기를 통해 지혜의 수 기운이 독자들에게 전해졌으면 한다.

토끼가 여쭈오되, "죽기 서러워서 우는 것이
아니오라 못 죽어서 우나이다."
용왕이 의심하여,
"그것이 웬 말이고?"
"아뢰오니 들으시오. 소토小兎 같은 작은 목숨
인간의 세상에선 독수리 밥이 될지, 사냥개의
반찬 될지, 그물에 싸일는지, 총부리에 터질는지,
알지는 못하오나 그런 데서 죽사오면 세상에 났던
자취 누가 다시 아오리까. 뱃속의 간을 내어
대왕 환후 구하오면 아무 공로 없사와도 명성이
길이 남아 후세에 전할 텐데, 하물며 대왕 덕에 변
변찮은 제 형용을 풀로 엮고, 금에 새겨 누대에 앉
힌다니 그 영화 무궁하여 만세유전萬歲遺傳 할
터인데, 이 방정스런 것이 간이 없이 왔사오니
절통하기 측량없소."

낭송Q시리즈 북현무
토끼전/심청전

『토끼전』편

『토끼전』

1부
토끼의 간을 구해오라

1-1.
용왕이 병이 나서 신음하며 우는구나

원나라 갑신甲申년에 남해의 광리廣利왕이 영덕전靈德
殿을 새로 짓고 길일을 골라서는 낙성식을 개최하며
사신을 청했더니 동해·서해·북해 용왕 사신을 보냈
구나. 큰 연회를 차리더니 영타고·옥룡피리·능파사·
채련곡에 풍류도 웅장하다. 신선의 영약 중에 삼위로
三危露·구전단九轉丹을 질리도록 서로 먹고 이삼 일이
지나도록 질끈 놀아 주었더니, 이보다 더 좋은 잔치
가 없었구나. 한데 잔치를 파한 후에 용왕이 병이 나
서 용상에 높이 누워 여러 날 신음하며 눈물까지 흘
리는구나.

오만 병이 들었는지, 머리는 쑤시는 듯, 눈에는 쌍다
래끼, 귓병 나서 들을 수 없고, 코밑에는 부스럼 나고,
입술은 부르트고, 혓바닥엔 물집 가득, 목구멍은 헐
어 부스럼, 뒷덜미는 굳었으며, 어깨는 견비통, 등에

는 등창, 허리엔 요통, 피부는 황달·흑달, 체증에다 담석이라 소변이 막히고, 설사에 이질 곱똥을 겸하고, 손가락이 다리 같고, 정강이가 허리 같고, 눈은 꿈쩍꿈쩍, 코는 벌룩벌룩, 불알은 달랑달랑 하는구나. 어떠한 병이길래 구색을 다 갖췄나. 온몸을 둘러보니 성한 곳 하나 없다.

수중의 온갖 종이 정성으로 치료할 제 수중에서 난 것들을 쉬지 않고 쓰는구나. 술병으로 그러한가 물메기를 드려 보고, 양기가 부족한가 물개 콩팥 권해 보고, 결핵인가 의심하며 풍천장어 대령하고, 비위를 다스리려 붕어를 써 보아도, 백약이 무효하여 병세 점점 깊어진다.

온 나라가 황황하여 하늘께 빌어 보니 하루는 오색구름 수궁을 뒤덮으며 기이한 좋은 향이 사방으로 풍기더니 한 신선이 들어올 제, 푸른색 옷을 입고 달과 같은 패물 차고 깃털 부채 손에 쥐고 당에 올라 읍을 한 뒤 옷깃을 바로하고 단정히 앉는구나. 용왕이 크게 놀라 공손히 묻는 말이, "후미지고 누추한데 이곳까지 오셨으니 감사하온 말씀은 측량할 수 없사오나, 과인이 병이 있어 일어나지 못하기에 문에 나가 천선님을 영접하지 못했으니 무례하다 마옵소서."

신선이 대답하되, "장건張騫과 배를 타고 은하수를 유

람하다 여동빈呂洞賓이 편지하여 창오산蒼梧山에서 놀
자기에 그리 가는 길입니다. 오다가 듣사온즉 대왕께
서 병환으로 오래 앓고 계시는데 방도가 없다 하니 뵈
옵고자 왔나이다. 재주는 없사오나 증세나 듣사이다."
용왕이 크게 기뻐 애긍히 하는 말이, "우연히 얻은 병
이 골수에 깊이 들어 백약이 무효하여 곧 죽을 것 같
았으나 옥황상제 은덕으로 신선께서 오셨으니, 자세
히 살피시어 좋은 약을 일러 주소서."

저 선관 거동 보소. 두 소매를 살짝 걷고 옥수玉手를
넌짓 들어 온몸을 만져 보고 앞으로 물러 앉아 기색
을 살핀 후에 묵묵히 생각다가 용왕께 여쭈오되, "대
왕의 귀한 몸은 인간과 다른지라, 사람이라 하는 것
은 마디마디 맥 짚으면 부浮맥, 침沈맥, 지遲맥, 삭數맥
손끝에 잡히기에 오장육부 있는 병을 바로 알 수 있
을진대, 대왕의 귀한 형체 뉘가 감히 짐작하리오. 눈
동자가 영롱하나 돌과 바위 못 보시고 높이 솟은 두
뿔 있어 말소리를 뿔로 듣고, 턱 밑에 비늘 하나 거슬
러 붙었기로 건드리면 분을 내고, 입 속의 여의주가
조화를 부리자면 못 속에도 잠겨 있고 하늘에도 올라
가고, 용맹을 쓰자 하면 대해大海가 뒤집히고 태산泰山
이 무너지니, 운무雲霧가 호위하고 벼락으로 호령하
네. 이 형체, 이 기상에 병환이 중하오니 침으로 구하

리까, 약으로 구하리까?"

『황제내경』,『의학입문』온갖 의서醫書 논하면서, "대
왕께 맞는 약은 그 중에 없습니다. 온몸에 갑옷처럼
비늘을 둘렀으니 침이 어이 들어가며, 화식을 아니
하니 탕약 어이 잡수리까. 자세히 병세 보고 이치를
생각하니 천년 묵은 토끼 간을 구해오지 아니하면 나
을 길이 없나이다."

용왕이 묻자오되, "토끼 간이 어떻기에 약이 된다 하
나이까?"

신선이 아뢰오되, "토끼라 하는 것이 묘방卯方을 맡았
는데, 동쪽바다 금빛 닭이 부상扶桑나무 올라서서 첫
햇빛이 떠오를 때 양기를 받아먹고, 월궁月宮에 들어
가서 계수나무 그늘 속에 불로장생 약을 찧어 음약陰
藥 받아먹습니다. 해의 정기, 달의 광휘, 음양陰陽기운
간에 들어 토끼의 눈이 밝아 '명시'明視라 불립니다. 눈
은 간에 배속되니 눈이 그리 밝은 것은 간이 좋기 때
문이라 토끼 간을 먹는다면 병환 즉시 쾌차하고 불로
장생할 것이요, 만일 그 약 아니 오면 중국 제일 명의
라는 화타·편작 모셨어도 회춘을 못할 터니 힘을 다
해 구하소서. 갈 길이 총총하여 그만하고 가나이다."

소매를 내리고서 문 밖으로 나서더니 신선은 간데없
고 청아한 피리 소리 공중에 울리는구나.

1-2.
조정의 비린내가 어시장보다 더하구나

용왕이 생각하되 토끼라 하는 것이 육지의 짐승이라 어찌하여 구하리오. 대신들과 의논하려,

"만조백관 입조하라."

하교를 하옵시니, 수중이 진동하네. 임금께서 명하시면 수레가 준비되길 기다리지 아니하고 즉시 달려가야 하니 만조백관 풀풀 뛰어 용궁으로 달려든다.

용궁의 벼슬이름 상고上古에 난 것이라 조선과 다르것다. 물고기들 등때기에 괴상한 벼슬이름 하나씩들 붙이고서 용궁으로 입장하니 이런 가관이 없었구나. 동편에 문관 서고, 서편에 무관 서서, 동반 서반 구별하여 일자로 들어올 제, 좌승상 거북, 우승상 잉어, 이부상서 농어, 우부상서 방어, 예부상서 문어, 병부상서 수어, 형부상서 준어, 공부상서 민어, 한림학사 깔따구, 간의대부 모치, 백의재상 쏘가리, 금자광록 금

치, 은칭광록 은어, 대원수 고래, 대사마 곤어, 용양장
군 이무기, 호위장군 모래무지, 표기장군 벌덕게, 유
격장군 새우, 합장군 조개, 적혼공 메기, 주부注簿 자
라, 청주자사 청어, 서주자사 서대, 연주자사 연어, 주
천태수 홍어, 청백리 자손 뱅어, 탐관오리 오적어烏賊
魚, 허리 긴 뱀장어, 수염 긴 대하, 구멍 없는 전복, 배
부른 올챙이 떼까지 차례대로 들어와서 주루루룩 엎
드린다. 보통의 조정이면 의관을 정제하고 조관들이
들어오면 향내가 날 터인데, 용궁의 조정에는 속 뒤
집는 비린내가 어시장보다 더하구나.

용왕이 하교하되,

"임금과 신하의 의義가 다른 것을 경들이 아옵는가?"

좌승상 거북이 아뢰기를,

"신의 집이 선대부터 천문·지리 통달하니 신령키가
유명하여 인간 세상 성군·현신 다 도움을 받았습죠.
하우씨夏禹氏의 구궁九宮 비법, 주공周公의 낙양 천도,
신의 선조가 가르쳤고, 고대부터 성군聖君들이 천하
를 다스릴 때 거북점을 쳤습지요. 신의 집안 많은 공
적 만고에 전한 것이 사마천司馬遷의 『사기』史記인데
신의 집에 다 있사와, 군신 도리 중한 줄을 자세히 아
나이다."

용왕이 또 물어,

"어찌하면 충신인고?"

좌승상 거북이 또 아뢰되,

"임금에게 좋은 것은 죽음도 불사하니 진晉나라 개자추介子推는 주군이 가난할 땐 다리 살을 베어 드려 주군을 섬겼삽고, 한나라 기신紀信은 초군楚軍을 속이려고 주군 역할 대신하여 불살라 죽었습죠."

용왕이 또 물어,

"우리 수중에도 그런 충신 혹 있을까?"

우승상 잉어가 옆에 서서 생각하니, 저도 같은 정승인데 함께 온 좌승상은 가문과 유식함을 저리 자랑하였는데, 나는 대답 아니 하면 한韓 승상 주발周勃이 왕의 하문 받들고도 한마디를 못 하여서 등 뒤로 식은 땀을 잔뜩 흘린 경우처럼 그 아니 무색한가. 얼른 나서 대답하길,

"신의 집은 문관으로 만고에 유명키로, 천하 대성大聖 공자께서 신의 이름 빌려다가 아들 이름 지었으며, 삼국시대 효자 왕상王祥 계모에게 드린다고 맨몸으로 얼음 녹여 낚시질을 하려할 때 잉어 둘이 튀어나와 고난을 넘겼으니, 신의 집안 아니 오면 효자 될 수 없는지라, 한 조각 흰 서책을 배에 품고 뛰어올라 성군을 섬기오니 천고의 『사기』라고 모를 것이 없습니다. 충신이라 하는 것이 평시에는 알 수 없어, 빠른 바람

일어나야 강한 풀을 알 수 있고, 임금이 피란할 때 충신을 아옵니다. 평상시에 볼 적에는 모두 다 충신이나 환란을 당하오면 충신이 귀하외다."

용왕이 말하기를,

"짐의 병이 위중한데 신선이 하는 말이 토끼 간을 못 먹으면 죽을밖에 수 없다니 어떤 신하 토끼 잡아 짐의 병을 구하리오."

공부상서 민어가 여쭈오되,

"토끼라 하는 것의 얼굴은 모르오나, 『사기』에 이르기를 중산中山에서 난답니다. 진秦나라 몽염蒙恬이 토끼털로 붓 만들 때 군대로 에워싸고 토끼를 잡았다니, 정예병 삼천 내어 대장 고래 보내소서."

대원수 고래가 분이 나서 말하기를,

"물과 육지 다르거늘 수중에 있던 군사 육지전을 어찌하오. 저런 소견 가지고도 문관 세력 등에 업고 좋은 벼슬 하여 먹고, 조금 위태하다 하면 무반에게 미루노니, 뱃속에 있는 것이 부레풀뿐이기로, 변통 없이 하는 말이 꽉 막힌 것 같사이다."

공부상서 무색하여 아무 대답 없었구나.

1-3.
토끼 잡으러 저희들이 가라시오

한림학사 깔따구가 여쭈오되,

"토끼라 하는 것이 조그마한 짐승이라 병환에 좋을 테면 대왕의 위덕威德으로 그까짓것 구하기가 무슨 염려 있으리까. 토끼 몇 수 바치라고 산군山君에게 보낼 공문 즉시 적어 올리리다."

용왕이 또 묻기를,

"협조 공문 썼다 한들 누가 갖다 산군 줄까."

간의대부 모치가 여쭈오되,

"표기장군 벌덕게가 갑옷이 단단하고 열 발을 갖추어서 진퇴를 다하옵고, 고향이 육지오니 공문 주어 보내소서."

게가 분을 잔뜩 내며 미처 말을 못하고서 입에는 거품 물고 열 발을 엉금엉금 기어 나와 발명한다.

"수중의 벼슬들이 인간과 같지 않아 세도로도 못 하

옵고 청으로도 못 하옵고 풍채와 덕망으로 특히 가려 뽑으신즉, 농어는 큰 입에 고운 비늘 멋질 뿐 아니오라 장한張翰과 소동파蘇東坡가 귀히 여겨 즐겼다고 이부상서 벼슬했고, 방어는 황하 방어 유명하고 그 이름이 천원지방天圓地方 방方 자와 같다 하여 토지·호적 담당하는 호부상서 벼슬했고, 문어는 다리 여덟 팔조목八條目과 어울리고 그 이름이 문文 자라고 예부상서 벼슬했고, 수어는 용맹 있어 뛰기를 잘하옵고 이름자가 재기준수才氣俊秀, 빼어날 수秀 같다 하여 군사담당 병부상서. 준어는 가시 많아 사람마다 어려워하고 이름자가 용법엄준用法嚴峻, 높을 준峻 자 같다 하여 형법담당 형부상서. 민어는 뱃속에 아교가 들어 있어 장인에게 요긴하고 이름자가 이용만민利用萬民, 백성 민民 자 같다 하여 장인匠人담당 공부상서. 도미는 맛이 있고 풍신이 점잖지만 한자로 된 이름 없고 어魚 자가 안 붙어서 조정에도 못 오는데, 한림학사 깔따구는 이부상서 농어의 자식이요, 간의대부 모치는 병부상서 수어의 자식이라. 저의 집 세력으로 서로 밀고 끌어주어 경험도 없으면서 요직을 차지한 뒤 일도 파악 못하고서 장담을 저리하나, 바다와 육지는 서로 다른 세상이니 용왕의 명령을 산군이 들을 리가 있으리까. 저희들이 공문 쓰고, 저희들이 가라시오."

용왕이 들어 보니, 불쌍한 무관들이 문관에게 평생 눌려 절치부심 하였다가 이런 때를 당하여서 큰 싸움이 나겠구나. 용안을 비쓱 들어 백의재상 돌아보며,

"토끼 간을 구하기가 시각이 급하온데 문무관이 불화하여 정할 수가 없사오니, 문무 중에 보낼 신하 선생이 천거하오."

쏘가리가 어찌하여 백의재상 되었는고. 용궁에서 벼슬하기 풍파가 무섭다고 한가히 물러가서 무릉도원 별천지에 백로와 흰 기러기 벗 삼아서 살겠노라, 정승 자리 준다 해도 이 강산과 안 바꾼다 은자들과 놀더니만, 수중의 군신들이 '강호선생'이라 하며 수국에 일 있으면 예관 보내 청해다가 의논을 하는 고로, 벼슬 없이 국사하니 당나라 이필李泌같이 백의재상 되었구나.

용왕이 병 중하여 나랏일이 위태하여 의논 위해 모셔와서 자리를 함께 하니 쏘가리가 여쭈오되,

"신하를 아는 데에 임금보다 뛰어난 자 어디에도 없사오니 대왕이 정하소서. 그 소임 신하 되어 감당치 못한다면 불가하다 하오리다."

남의 재기 짐작하기 좀 어려운 노릇이냐. 요임금도 치수治水사업 곤에게 맡겨서는 실패를 하였건만, 하물며 병든 용왕 신하 재주로 알 수 있나. 묻는 족족 당

치않다.

"합장군 조개가 전신갑주全身甲胄 단단하니 보내면 어떠한고?"

"합장군은 참 장부라 보내면 좋사오나, 도요새와 양숙이라 둘이 서로 다투다가 어부 밥이 될 터이니 보내지 마옵소서."

"적혼공 메기가 철관장염鐵棺長髥 점찮으니 보내면 어떠한고?"

"요사이 사람들이 돌 밑에다 약을 풀어 민물고기 잡자 하니 적혼공은 못 가지요."

"녹봉 후한 나라에는 충신이 꼭 있는지라 도미가 일찍부터 관직이 원이라니 벼슬을 준다 하고 도미를 보내 볼까?"

"사월 팔일 가까우니 서울은 쑥갓이요, 시골은 풋고사리, 송기탕 끓일 테니 보낸다면 곧 죽지요."

"올챙이 배 부르매 경륜經綸을 품었으니 보내면 어떠할꼬?"

"한두 달에 못 올 텐데, 개구리가 돼 버리면 올챙이 적 알 수 있소?"

문답이 장황하여 하루가 다 가도록 결정하지 못하는구나.

1-4.
신의 정성대로 기필코 구하리다

서반 중에 한 조관(朝官)이 나서며 여쭙기를,
"효도는 백행의 근원이요, 충성은 삼강의 으뜸이라.
천성으로 할 것이지 가르쳐 하오리까. 신의 선대 할
아비가 멱라수에 사셨는데 절강(浙江)에서 처를 얻어,
굴원(屈原)의 고기는 할아비가 얻어먹고 오자서(伍子胥)
의 고기는 할미가 먹었죠. 부부지간 두 뱃속에 충
혼이 잔뜩 들어 자손이 나는 대로 뼛속까지 충신이
요, 대대로 충신이라. 수궁은 고사하고 세상의 사람
들도 충신 의리 있는 이는 우릴 잡는 법이 없고, 어부
에게 잡힌 것도 사서 물에 놓아주니 종족이 번성하
되, 벼슬자리 욕심 없고, 높은 벼슬 마다하며, 문중에
서 상자(上宰) 뽑아 주부 벼슬 이어 주니, 황하가 마를
때까지 평안 근심 함께하며 국가를 모시리다. 신의
간을 잡수어서 대왕 환후 낫는다면 바로 빼어 올리련

만, 토끼 간이 좋다 하니 소신이 정성 다해 기필코 구하리다."

만조백관이 다 놀래어 에워싸서 살펴보니, 평생 모두 멸시하던 주부벼슬 자라여든, 용왕이 의혹하여 자세히 묻는구나.

"토끼를 잡자 하면 수국에서 육지까지 몇만 리나 될 터이요, 허다한 봉우리와 수많은 골짜기 중 어느 산을 찾아가며, 삼백 모족毛族 많은 중에 토끼를 어찌 알며, 설령 토끼 만나기로 어찌하여 데려올지. 신포서申包胥의 충성이며, 공명孔明의 지략이며, 소진蘇秦의 구변 있고, 걸음은 과부夸父 같고, 눈 밝기가 이루離婁 같고, 맹분孟賁 같은 장사라야 그 노릇을 할 터인데, 너 생긴 모양 보니 어디 그러하겠느냐. 백소주에 안주하기, 탕이 되기 십상이다."

주부가 여쭈오되,

"충성과 지략, 말 잘하기 마음속에 들었으니 외모로는 알 수 없고, 맹분이 힘이 세어 구정九鼎을 들었으되 목 감추지 못하는데 신은 목을 출입하고, 대가리가 뾰족하니 진나라의 용장 백기白起 머리 닮았으며, 허리가 넓었으니 열 아름을 훌쩍 넘고, 콧구멍이 좁사오나 생각은 넉넉하고, 볼이 아니 퍼졌으나 구변은 있사오니 간에 흙이 들어가도 토끼 잡아 올릴 테니,

토끼의 생긴 형용 자세히 그려 주옵소서."

용왕이 감복하여,

"진정한 충忠이로다, 주부의 충성이여. 진정한 신臣이
로다, 주부의 신하됨이여."

화공畵工 상어 불러들여, 백옥 벼루에 먹을 갈고 각색
채색 고이 개어 생사 비단 펴 놓고서 붓끝을 모으고
서 토끼를 그리는데, 수궁의 화공이라 토끼 화본 없
었구나.

만조백관 걱정터니 전복이 썩 나오며,

"내 전신이 화충華蟲이라 산중에 있을 적에 사냥꾼이
나타나고 독수리가 날아드는 급한 변이 일어날 제 산
중에 만만한 게 나와 토끼뿐이로다. 둘 중 하나 죽는
것이 정해진 일 같았으나 환란상구患亂相救 지냈으니,
금수가 달랐으되 가엾은 처지 같아 각별히 지냈으니
토끼의 생긴 형용 마음속에 아른아른, 내 말대로 그
려 내라."

전복은 가르치고 화공은 그리는데, 산월山月이 촛불
처럼 교교皎皎하듯 눈 그리고, 울며 나는 새 소리도 쫑
긋 듣는 귀 그리고, 산에 가득 꽃 핀 봄에 향내 맡는
코 그리고, 곳곳에 밤·도토리 주워 먹는 입 그리고,
수풀 사이 절뚝이며 달아나는 발 그리고, 진나라 중
서령中書令 붓 매었던 털 그리고, 두 귀는 묘쪽, 두 눈

은 도리도리, 허리는 짤쥼, 꽁지는 모착. 설설 그려 내는구나. 자라가 그걸 받아 목에 얹고 움츠리니 아무 염려 없었구나.

용왕 앞에 하직하니 용왕이 부탁하되,

"옛날에 진시황이 불사약 구하려고 서시徐市를 보냈는데, 큰 바다로 나가서는 머물면서 오지 않아 진시황이 죽어서는 한 줌 흙이 되었으니 그 아니 불쌍한가. 경 같은 장한 충성 만고에 또 없으니, 육지에 있는 토끼 수이 잡아 돌아와서 짐의 병을 낫게 하면 봉록과 땅을 주고 자자손손 후손에게 그 공로를 갚을 테니 부디 가서 조심하라."

1-5.
주부가 길을 떠나다

주부가 하직하고 집으로 돌아오니, 주부가 육지 간다
는 말을 집안에서 벌써 듣고, 동성同姓 가진 내외 친척
전송차로 다 모였다. 주부 모친 대부인이 주부에게
경계한다.

"너의 부친 식욕 많아 낚싯밥을 물었다가 젊은 날에
일찍 죽어, 독수공방 설움 속에 너 하나를 길러 내어,
불면 날까 쥐면 꺼질까. 동틀 때 나가서는 늦게까지
아니 오면 문에 서서 기다리고, 저물녘에 나가서는
돌아오지 아니 하면 마을 입구 어귀까지 홀로 나가
기다렸다. 네가 지금 벼슬하여 임금을 섬기다가 임금
이 병환 계셔 약 구하러 가는구나. 임금께서 근심하
면 신하는 욕을 당하고 임금께서 욕을 당하면 신하는
죽는 것이 당당한 직분이니, 지성으로 구하다가 만일
약을 못 얻거든 뼈를 갈아 묻을지언정 돌아오지 말지

어다. 혹시 그 일 실패하면 대대로 충신 집안 더럽히게 될 것이니 돌아와서 무엇 하리."

주부가 여쭈오되,

"정성을 다하여서 위로는 임금 병환 아래로는 모친 마음 둘 다 편케 하오리다."

주부의 마누라가 하직을 하는데 그도 또 법도대로,

"종고지락鐘鼓之樂 금슬지우琴瑟之友 잠시 이별 어려우나, 오륜을 말할 적에 군신유의君臣有義 먼저 쓰고 부부유별夫婦有別 후에 쓰니 군신의 중한 의가 부부보다 더한지라 임금 위해 죽는대도 제게 무슨 한恨 있겠소. 늙으신 어머님은 내가 봉양할 것이요, 슬하의 어린 자식 내가 길러 낼 것이니, 집안 생각 아예 말고 토끼만 얻어다가 임금 환후 낫게 하소. 옛말에 이르기를 '채찍을 휘두르며 만 리 먼 길 떠나가니 어찌 규방 근심하랴.' 집안 걱정 일체 마소."

주부가 대답하되, "부인 말씀 듣사오니 충신의 아내 되기 부끄럽지 아니하니, 말씀대로 할 것이오. 어머님을 지성 봉양, 어린것들 자주 살펴 멀리 가게 하지 마오. 세상에 흉한 놈들 말굽자라 맛 좋다고 건져다가 삶아 먹제."

차례로 하직할 제,

"아저씨, 평안히 다녀오시오."

"형님, 평안히 다녀오시오."

"조카, 잘 다녀오너라."

"소상강瀟湘江도 가는 길에 다녀오너라."

주부의 처가는 소상강인가 보더라. 이종사촌 소라, 내종사촌 고등, 외척 우렁이, 육지사돈 달팽이 나란히 서서 하직하는데, 천만 뜻밖에 물개란 놈 옆에 와서 앉았거든 주부가 물어,

"어찌 예 왔느냐?"

"조카가 먼 데 가니 하직차로 찾아왔제."

주부가 분을 내며,

"우리집 내외 친척 다 내력이 있느니라. 고등, 소라, 우렁이는 내 목과 같아서는 들락날락하는 고로 촌수가 있거니와 네가 어찌 친척인가."

물개가 웃어,

"내 자지도 네 목같이 일어서면 들어가고 앉으면 나오기로 주부 너와 친척되제."

좌중이 광인 왔다 물개를 쫓은 후에, 주부가 길을 나서는구나.

수국水國 풍경은 조석으로 보던 데라 만경창파萬頃蒼波 얼른 지나 산중을 어서 찾아 천 개의 봉우리와 수만의 골짜기를 두루 밟아 찾아갈 제, 역산歷山의 밭두둑은 순임금의 흔적이요, 도산의 넓은 터는 하우씨夏禹氏

의 유적이라. 태산에 묻은 옥백玉帛 헌원씨의 제물이
요, 이구산尼丘山 화로 터는 공자의 아버지가 아들 달
라 빌던 데라. 수양산 새 고사리 백이·숙제 청렴함과
절개가 가련하고, 면산에 돋은 풀엔 개자추介子推의
충성인가 그 풍광이 적막하다. 태산의 공자는 천하를
적다 하고, 무우舞雩에서 증점曾點은 봄 옷자락 떨쳤구
나. 기산의 아침볕에 봉황이 어디 가며, 농산 봄바람
에 앵무가 말을 한다. 추역산 올라가니 태아검太阿劍
묻히었고, 계명산 지나가니 옥소성玉簫聲이 끊기었다.
어느 날에 범아부范亞夫가 낙안봉에 올라서서 천문天
文을 읽었을꼬.

태행산 가는 구름 적인걸狄仁傑의 고향 생각. 상산에
흩어진 것 사호四皓들의 바둑돌인가. 기산에 뒹구는
건 소부巢父가 버린 쪽박이요, 부춘산 맑은 소리 엄자
릉嚴子陵의 바람이요, 천목산에 남은 향기 도정절陶靖
節의 국화로다. 여산의 큰 언덕은 진시황의 무덤이요,
현산의 이끼 낀 돌 양숙자羊叔子의 타루비墮淚碑라. 낭
거산에 세운 비석 한공漢公을 새겼으며, 팔공산 많은
초목 진나라의 병사인가. 향산에 깨진 것은 백낙천白
樂天의 약솥이요, 화산에 남은 집은 진도남陳圖南의 문
서 넣은 비밀스런 운대雲臺로다.

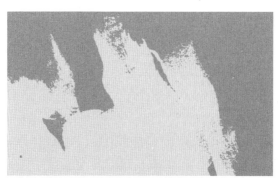

『토끼전』

2부
벼슬하러 수궁 가자

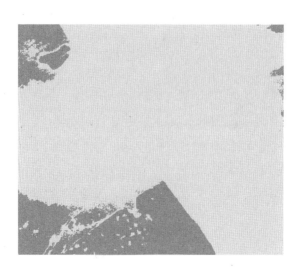

2-1.
남성 선생이라 불렀습죠

곤륜산 안기생安期生은 대추 진상進上 하기 위해 천제의 궁전 가고, 봉래산 적송자赤松子는 구름 깊어 못 찾겠다. 관산의 밝은 달에 피리 소리 처량하고, 저물녘에 무산에는 비오는데, 신녀神女의 소식 없다. 이곳저곳 두루 찾아 한곳에 당도하니, 우산에 해가 지고 창오산에 구름 일고 회계산에 안개 덮여 천지가 적막커늘 바위틈에 몸 숨기고 혼자 앉아 조는구나. 아미산峨眉山에 달이 솟아 그 그림자 밝게 비쳐 여산 동남 오로봉을 밤새도록 찾아간다. 향로봉에 해 비치어 붉은 내가 일어나고 폭포 소리 요란하여 잠깐 앉아 구경하니, 어떠한 친구 하나 온몸에 이슬 적셔 앞으로 지나가다 주부를 얼른 보고 인사를 붙이는데 유식한 척하느라 문자를 쓰는구나.

"객종하처래客從何處來오?[객은 어디를 갔다 오시는가?]"

주부가 자세히 본즉 제 형용과 유사하니 문자로 대답
하여,

"내라는 사람은 동역객서역객東亦客西亦客[동에서도 손님이
고 서에서도 손님이 된다] 정처가 없거니와 거기 댁은 뉘십
니까?"

저것이 대답하되,

"내 성명을 이르자면, 본사가 장황하여 서서 얘기 못
할 테나 당신의 생긴 의표 나하고 비슷하니 내력을
말하오리. 우리집 선조께서 남해 수궁 벼슬하여 대대
충신 지내는데, 조부님이 강직하여 임금에게 직간直
諫하다 소인배의 모함으로 육지로 귀양 와서 다시 고
향 못 가시고 산속에 머물면서 바위에서 글 읽었소.
안색이 초췌하며 형용이 고고하니 육지의 사람들이
얌전하고 불쌍하여 굴원과 같다 하고 당호를 지었으
되, 남해에서 왔다 하여 남녘 남南 자, 세상이 모두 취
했으나 홀로 깨어 있다 하여 깰 성醒 자, 남성南醒 선생
이라 불렀습죠. 그 아내가 수중에서 기다리다 못 하
여서 여필종부 찾아 나와 육지에 살림 내어, 자식들
을 낳은 것이 산중에서 사는 고로 도토리를 주워 먹
어 참나무 살이 올라 돌 위에서 지나가면 나무신 신
었는 듯, 가난한 우리 형세 이름 매양 질 수 없어 조부
님 당호 두고 대대로 불러 가니 아들도 남성이, 손자

도 남성이, 이후 증손·고손이며 내 이름도 남성이오."

주부가 들어 본즉 동종이로구나. 한숨짓고 하는 말이,

"세상 일, 알 수 없소. 우리 선조 형제분이 여섯이 계셨기에 계파가 갈리었소. 우리는 별자파鼈字派요. 오鰲자 쓰는 파 있는데 그 조상은 장사라서 삼신산三神山을 싣고 있어 시선詩仙이라 불리었던 이백과 벗이 되어, 그 조상이 상사喪事 난 후 이백이 와 문상하고, 부고를 전했다오. '여섯 자라 백골들은 이미 서리 되었는데 삼산은 흘러가서 어디에 있는가.' 이런 시詩가 지금까지 전하는데, 수궁에는 그 자손이 살지 않아 후사가 끊어졌나 하였더니 종씨 말씀 듣사오니 종씨가 그 자손, 우리집 종손이오."

남성이가 이 말 듣고 눈물 펄펄 흘리면서 다정히 하는 말이,

"본시 같은 뿌리이나 산과 물로 갈리어서 이제야 얼굴 보니 내 마음 반갑기는 측량이 없사오나, 종씨는 어찌하여 몸이 산을 넘고 물을 건너 여기까지 오셨나이까?"

"우리 남해 수궁 내에 재변이 일어나서, 물이 들고 빠지는 게 해마다 심해지니, 수족水族씨가 없어질까 가련하기 그지없어 부득이 수정궁을 옮겨 짓자 하였는데, 수궁에 지관地官 하나 찾아볼 수 없던 차에 청산

달의 토끼 눈이 그리 밝다 하기에, 수궁으로 모셔다
가 대궐 터를 잡아 보자 의논하고 나왔건만, 토끼의
생긴 형용 정녕히 모르기에, 동서분주 여러 달에 얼
굴 한 번 못 보았소."

남성이 대답하되,

"산중에 일 있으면 모족毛族들이 모두 모여 의논을 하
는데, 나와 두꺼비는 몸에 털은 없사오나 네 발이 돋
쳤다고 함께 매양 참여하니, 요새 무슨 일 있는지 이
번 달 십오 일에 낭야산 취옹정에 일제히 모이라고
통문을 써 가지고 다람쥐가 돌렸으니 내 집에 가 계
시다가 그날에 함께 가서 모족 모임 구경하면 삼백
모족 다 보시고 토끼 만나 보오리다."

주부가 좋다 하고 남성이 집 함께 가서 뭍에 사는 동
종들을 세세히 알게 되고, 집집이 돌려 가며 착실히
대접받고 모임 날이 돌아와서 남성과 함께 낭야산을
찾아가니 털 좋은 친구들이 모두 모여들었구나.

2-2.
낭야산의 동물 회합

낭야산에 모인 동물 그 모습을 살펴보니, 공자께서
『춘추』春秋를 지을 적에 절필하던 기린이, 옥황상제
천궁天宮에서 법률 엄히 다스리던 코끼리, 큰소리로
사자후獅子吼를 토해 대던 하동 땅의 큰 사자, 홍문연
서 굶주리며 노래하던 곰, 강물이 동쪽으로 흐를 적
에 밤새 울던 원숭이, 그 울음이 바람 따라 골짜기에
울린다는 산군 위엄 호랑. 이들 중에 희생 제물 복희
씨가 길러 냈고, 희생할 제물들로 푸줏간을 가득 채
운 문왕의 덕화德化 장하시다. 왕 앞에서 부복하던 사
슴, 공명孔明이 말 사냥에 잘못하여 노루 잡고 탄식했
던 그 노루, 한문공韓退之이 족보 짓던 붓의 후손 토끼,
산속에서 쥐 잡기는 천리마도 못 당하는 삵, 진시황
을 네 아느냐 오래된 무덤지기 총사叢祀 여우, 이가 없
어 담벼락에 구멍은 어이 뚫나 살살 기는 쥐, 조삼모

사 어찌 알고 박랑博浪에 엎드린 다람쥐, 뿔이 좋은 고라니, 털이 좋은 너구리, 기름 많은 멧돼지, 멍덕감 오소리, 상황모 족제비, 부리 흰 조아기, 강남 길을 어찌 갈꼬 엉금엉금 두꺼비, 다 주워 모이더니 높은 자리 사양하다, 기린에게 내어주니 기린이 사양하여,

"본디 나는 세상 잊고 성인만을 따르는데, 동방의 군자국에 성인 임금 계시기에 잠깐 가서 다녀오자 한양으로 가는 길에, 모족 모임 한다기에 인사차 온 것이니, 여럿이 모인 곳에 객이 어찌 상좌上座하오."

여러 번 사양하니 좌편으로 특별석을 마련하여 기린이 먼저 앉고 코끼리·사자며 곰과 원숭이가 그 밑에 늘어앉고 산군山君이 주인으로 한가운데 자리하고 우편에는 사슴·노루·토끼·여우·삵 등이 차례대로 앉은 후에 산군이 고개 들어 취옹정의 기문현판記文懸板 바라보며 하는 말이,

"구양수 그 어른이 우리에게 원한 있나?"

토끼가 물어,

"어찌 하신 말씀이오?"

"그분이 시에 쓰길 '유인거이금조락'遊人去而禽鳥樂: 노는 사람은 떠나가고 새들만 즐겁구나이라 하였으니 새란 글자 둘을 쓰고, 짐승 수獸 자 안 썼으니 그것이 절통하다."

토끼 대답하되,

"그 문장의 앞을 보면, '명성상하'鳴聲上下: 위아래로 들리는 울음소리 하였으니 울 명鳴 자를 먼저 써서 짐승 수獸 자는 못 썼나 보오."

사슴이 하는 말이,

"유유한 사슴의 울음 유유녹명呦呦鹿鳴이라니 내 소리도 울 명鳴 자제."

산군이 발의하며,

"오늘 모임 하는 것은 근래 인심 하 무서워 짐승을 잡아먹는 온갖 꾀가 다 생기고, 산중에 수목 없어 은신할 데 사라지니 애잔한 우리 모족 멸종할까 근심되오. 함께 모여 공론하여 각각 그 뜻 들어 보면 계책이나 있을는지. 피할 방도 혹 있을까 이 모임을 하였으니 노소를 막론하고 제각각 의견 내어 자세히 말을 하라."

너구리 여쭈오되,

"소학小貉에겐 평생 가는 노여움이 있사오나 세력이 크지 않아 입을 열지 못했는데, 하문을 하시오니 감히 아뢰옵니다. 천지개벽한 연후에 사람의 영험함이 가장 높다 하더이다. 짐승이라 하는 것은 사람 위해 생겼기에 성인이 말씀하시길 '고기를 안 먹으면 배부르지 않다' 하니, 사람이라 하는 것은 본디 짐승 먹는다오. 사람 손에 죽는 것은 서럽지가 않사오나 사냥개라 하는 것은 우리 같은 모족으로 사람에게 기식寄食하며 여느 집 개들처럼 똥이나 먹어 주고 도적이나 지켰으면 주인 은혜 갚을 텐데, 아첨하는 무리지어 제 후각을 자랑하며 깊은 산속 높은 절벽 찾고 찾아 들어와서, 엊그저께 지난 곳도 냄새 맡아 길을 찾아 굴속까지 찾아들어 기어이 물어내나, 제아무리 애를 써도 피 한 모금 고기 한 점 맛이나 볼 수 있소. 제 몸에 이익 없고, 동족만 살해하니 그놈 죽여 마땅하외다. 산군께서 이후에는 다른 짐승 살해 말고, 세상의 사냥개를 다 잡아가 잡수시면 작은 기쁨 물론이고 그 덕이 산중에 모든 금수에게 미치리라."

산군이 대답하되,

"사냥개의 하는 일이 절절이 애통하니 다 잡아다 먹었으면 네게도 설원되고 내 배도 부르련만, 포수를 따라다녀 낮이면 앞을 서고, 밤이면 한데 자니 어설피 물려다가 조총 귀에 불 붙어서 탄환이 쑥 나오면 내 신세 어찌 되리."

너구리 여쭈오되,

"그리하면 사냥개는 제 명대로 사오리까?"

산군이 말하기를,

"토사구팽兔死狗烹 한다 하니 죽는 날이 있는 게제."

2-3.
여우 그놈 웃음소리 뼈가 저려 못 듣겠네

노루가 의견을 내어,

"오늘 이 모임에 산중이 다 모이고 뜻밖에 기린 선생이 왕림해 계시니, 무슨 음식 장만하여 대접을 해야 하제."

산군이 노루를 치켜세우며,

"아마도 늙은이가 인사를 더 아는고. 노 선생 이름자에 늙을 노老 자 있는 고로 저런 말을 먼저 하제."

여우가 썩 나서며,

"다람쥐가 겨울 지낼 밤·도토리 많이 모아 두었으니 가져오라 하옵소서."

산군이 좋다 하고 가져오라 분부하니 다람쥐 생각한즉 좌중에 모인 식구 저보다 힘이 세어 어찌 할 수 없겠으니, 저와 같은 만만쟁이 제가 가려 또 내세워,

"쥐도 양식 많을 테니 가져오라 하옵소서."

산군이 좋다 하니 쥐와 다람쥐가 애써 주워 모은 것을 다 갖다 바쳤구나.

좌중이 나누어서 먹은 후에 산군이 하는 말이,

"나는 열매 못 먹으니 무슨 요기해야 하제."

여우가 또 나서며,

"산군님 그 식성에 사소한 짐승들은 먹은 듯도 안 할 테니, 멧돼지 큰 자식이 지금 잡아 팔자 해도 그 무게가 푼푼하니 가져오라 하옵소서."

산군이 좋아라고 여우를 치키면서,

"호 선생이 얌전하여 내 식성을 똑 아는고. 내 옆에 와 앉으시오."

여우가 하하 웃고 팔짝팔짝 뛰어가서 산군 옆에 썩 앉으니, 멧돼지 분이 나서 여우를 깨물잔들, 대대로 성호사서城狐社鼠 세도를 빌려 사니, 산군 옆에 앉았으니 범의 위세 빌렸구나. 어찌 할 수 없었으니 제 분을 못 이기어 백자그릇 깨진 조각 으득으득 깨물면서 큰 자식을 납상하니, 산군이 큰 입으로 양볼 가득 먹을 적에 여우가 옆에 앉아 자랑이 무섭구나.

"저희들이 못생겨서 남에게 볶이네, 잡혀먹네 걱정하제. 나같이 행세하면 아무런 걱정 없제. 남의 무덤 바짝 옆에 굴을 파고 엎뎄으면 사냥꾼이 암만 해도 불지를 수도 없고 쫓기어 가다가도 오줌만 누었으면 사냥개도 할 수 없고, 아무 데를 가더라도 주관하는 사람에게 비위만 맞추면 일생이 편한 신세 힘들이지 않고 살제."

장담을 한참 하니, 사어취웅捨魚就雄: 물고기를 버리고 귀한 곰을 얻는다이라더니 곰이 매우 의기 있어 나와 앉으며 하는 말이,

"오늘 우리 모이기는 산중 폐해弊害 때문인데 사냥개를 없애자면 포수 무서워 안 된다 하고, 애잔한 쥐·다람쥐는 겨울 양식 다 뺏기어 부모·처자 굶길 테요, 자식 귀한 멧돼지는 아들 초상 치렀으니, 시속에 비유하면 산군은 폭군 같고, 여우는 간신이요, 사냥개는 세도 아전, 너구리·멧돼지며 쥐와 다람쥐는 굶고 사는 백성이라. 오늘 저녁 또 지내면 여우 눈에 안 드는 놈 무슨 재난 또 당할지, 그놈의 웃음소리 뼈가 저려 못 듣겠네. 그만하고 파합시다."

산군이 할 말 없어 자리를 파할 적에 제각각 하직하고 제 집으로 돌아갈 때 주부가 남성 옆에 가만히 엎드려서 모족들이 하는 말을 다 듣고 다 보았구나.

2-4.
여보, 토생원

모임을 파한 후에 토끼 뒤에 따라가며, 청산의 바위 사이 좁은 길에 접어들자 토끼를 한 번 불러,

"여보, 토생원."

토끼의 근본 성정 무겁지 못한 데다 그 몸이 왜소하니 온 산중이 멸시하여 누가 대접하겠느냐. 쥐와 여우, 다람쥐도, '토끼야, 토끼야!' 어린아이 부르듯이 이름을 불러 대니 어른 대접 못 받고서 평생을 지내다가, 천만 뜻밖 누가 와서 생원이라 존칭하니 좋아 아주 못 견디어 깡장깡장 뛰어오며,

"게 뉘랄게, 게 뉘랄게. 날 찾는 게 뉘랄게. 상산商山의 사호四皓들이 바둑 두자 나를 찾나, 죽림의 칠현들이 술을 먹자 나를 찾나. 청풍명월 채석강에 함께 가서 시 읊자고 이백이 나를 찾나, 적벽에서 뱃놀이하자 소동파가 나를 찾나. 인생 부귀 물으시면 뜬구름과

강물처럼 흘러감을 가르치제. 역대 흥망 물으시면 상
전벽해桑田碧海 가르치제."

요리 팔팔 조리 팔팔 깡장깡장 뛰어오니, 주부가 의
뭉하여 토끼의 동정 보자 긴 목을 움츠리고 가만히
엎뎠으니 토끼가 주부 보고 의심을 매우 하여,

"이것이 무엇인고?"

제 손수 의심 내고 제가 도로 의심 풀며,

"쇠똥이 말랐는가, 깨어진 솥 조각인가, 어찌 저리 생
겼는가. 애고 이것 큰일 났다. 사냥 왔던 총잡이가 화
약심지 끌러 놓고 똥 누러 갔나 보다. 바삐 바삐 도망
가자."

깡장깡장 뛰어가니, 주부가 생각한즉 그대로 두어서
는 저리 방정맞은 것이 동과 서로 내달려서 한없이
가겠거든 또 한 번 크게 불러,

"여보, 토생원."

토끼가 가다 듣고,

"누가 나를 또 부르노? 괴이하다, 괴이하다."

아장아장 도로 오며 주부를 바라보니, 아까 없던 목
줄기가 담 틈에서 뱀 나오듯 슬금슬금 나오거든, 의
심나고 겁이 나서 가까이 못 오고서 멀찍이 서서 보
며 수작을 거는구나.

토끼가 수작할 제 문자를 섞어 쓰며,

"내가 이 산중에서 '생어사生於斯, 장어사長於斯, 유어사遊於斯, 노어사老於斯'태어나고 자라고 노닐며 늙어가길 몇 해가 되었으되 금시초견今時初見하는 터에 나를 어찌 알고 무엇 하러 불렀느뇨?"

주부가 대답하되,

"'유붕자원방래, 불역락호'有朋自遠方來不亦樂乎: 벗이 먼 곳에서 왔으니 또한 즐겁지 아니한가 공부자의 말씀인데, 어이 그리 무식하여 가까이 아니 오고 처음 본다 괄시하니 인사가 틀리셨소."

토끼가 들어 본즉 생긴 것과 말하는 게 겉보기론 알 수 없어 옆에 와 썩 앉으며,

"뉘라 하시오?"

"예, 나는 수궁에서 주부 벼슬하여 먹는 자라요."

"산수가 서로 달라 풍마우지불상급風馬牛之不相及: 말과 소는 서로 짝지을 수 없음이거늘 수궁의 조관으로 산중은 어찌 왔소?"

"조유북해모창오朝遊北海暮蒼梧: 아침에는 북해에서 놀고 저녁에는 창오산에서 잔다한데 어디는 못 가겠소. 우리 용왕 장한 덕화德化로 팔천 리를 평정한 뒤 하루 만에 기틀 잡고 왕위에 거하시나 신하가 재주 없어 찬양하기 어렵다오. 용왕 분부 받잡고서 천하 명산 두루 다녀 인재들을 모시온데, 오늘 모족 모임에서 천행으로 선생 만

나 모셔 가려 하옵니다. 만좌를 다 보아도 패왕을 보필할 분 곰과 표범 아니 되고 선생 하나뿐이기로, 선생을 모셔 가자 뒤를 따라왔사오니 바라건대 선생께선 범저范雎가 왕계王稽를 따르듯, 한신韓信이 소하蕭何를 따르듯 나를 따라가사이다."

토끼가 제 인물에 하 감사한 말이지만 제가 봐도 의심되어,

"어떻기에 내 형용이 곰보다도 나을 테요, 표범보다 나을 테요."

주부가 대답하되,

"곰의 몸이 비록 크나 눈이 작고 털이 덮여 태양 정기 부족하니 미련하여 못 쓸 테요, 범이 비록 용맹하나 콧등에 골이 있는 중악中嶽 낮은 관상에다 코까지 짧았으니 단명하여 못 쓸 테요. 선생의 기상 보니 치세 능한 신하이며, 난세 능한 신하로세. 눈이 밝고 총명하여 천문·지리 다 알 테요, 몸이 작고 발이 빨라 산도 넘고 물도 뛰어 따라갈 이 없을 테오. 첩첩한 저 구변이 소진의 합종인지, 가끔가끔 조는 것 공명의 춘잠인지, 생긴 것이 하나하나 꼭 필요한 신하기로 볼수록 그 형용이 모족 중에 제일이라. 우리 수궁 같사오면 군안에선 재상 되고 전장 가면 장수 하는 공명처럼 쓰일 텐데. 저 공명을 따라갈 이 그 누가 있으리오?"

토끼가 들어 본즉 주부의 하는 말이 저 생긴 형용하고 낱낱이 똑같거든, 가만히 생각한즉 형용은 괜찮으나 글 읽은 적 없었으니 수궁의 글 유무를 알아야 할 테여든 또 물어,

"수궁의 조관 중에 문장이 몇이 되오?"

"문장 조관 있으면 영덕전을 지을 적에 상량문上樑文을 못 지어서 육지까지 멀리 나와 여선문余善文을 청했겠소?"

또 물어,

"수궁에 훨씬 키 큰 조관 있소?"

"영덕전 상량할 때 키 큰 조관 가리는데 내가 뽑혀 상량하였지요. 그리 큰 수궁에서 나만 한 키도 없소. 선생이 들어가면 방풍씨防風氏 들어왔다 모두 깜짝 놀라지요."

2-5.
고향이 편안한데 어찌 따라갈 수 있소

토끼가 생각한즉 너른 의장 좋은 구변 내 속에 흠뻑
들고, 글 잘하고 키 큰 조관 수궁에 없다 하니, 제가
지닌 신언서판身言書判 눌릴 데가 없건마는 고향이 편
안하여 옮기는 게 쉽지 않아 썩 떠나기 어렵구나. 한
번 사양하여 보아, "주부를 따라가면 좋기는 좋을 테
나, 산림의 즐거움과 풍월의 흥겨움을 잊을 수가 없
사오니, 어찌 따라갈 수 있소?"
주부가 물어, "산림의 즐거움과 풍월의 흥겨움이 만
일 그리 좋사오면 나도 여기 함께 있어 수궁으로 안
갈 테요. 이야기 조금 하오."
실없는 토끼 소견 주부에게 과시하며 산림풍월 자랑
할 제, 턱도 없는 거짓말을 냉수 먹듯 하는구나.
"청산에 봄이 오면 온갖 꽃이 그림 병풍, 꾀꼬리 노래
하고 나비가 춤을 추제. 놀기도 좋거니와 공자 문하

제자들과 관을 쓴 동자들이 삼십여 명 찾아와서 기수에서 목욕하고 바위에서 바람 쐴 제 따라가서 구경하오. 나뭇잎이 우거지고 아름다운 풀 향기가 꽃보다 좋을 때에 청명절에 산을 찾은 왕실 분들 구경하기. 붉은 치마 녹색 저고리 고운차림 아낙네의 그네타기 구경하고, 기암절벽 봉우리 밑 구름 피어오를 적에 숲과 샘에 피서하는 행락객의 목욕 구경. 석 달 여름 다 보내고 가을바람 일어나고 옥로玉露가 서리되어 풀잎에 앉을 적에 꽃보다 붉은 단풍 가던 수레 멈추고서 앉아서 바라보고, 국화 피는 구월에는 떨어지는 모자도 잊고 술 마시고 노는 구경. 추운 겨울 되어서는 날짐승도 사라지면 나 혼자 맛에 겨워 용문에서 설경 감상. 구양수도 따라가고 맹호연도 따라가서, 산간 사시四時 좋은 경치 오는 대로 구경하여 임자 없는 청산녹수 모두 우리 집을 삼지. 값없는 청풍명월 나 혼자 주인 되어, 바위틈에 살았으니 반고의 시절인가. 나무 열매 먹었으니 유소씨의 백성인가. 이러한 편한 신세 시비할 이 뉘 있으며, 이러한 좋은 흥미 앗아갈 이 뉘 있으리. 수궁이 좋다 하되, 고향 뜨면 비천하니 갈 수 없제, 갈 수 없제. 회수를 건너가면 유자도 탱자 되니 안 갈라네, 안 갈라네."

주부가 들으면서 가만히 생각한즉, 토끼 치켜세웠더

니 좁은 속에 교만해져 저렇게 덤벙이니, 되게 한 번 탁 질러서 저놈 기를 꺾어 보자 천연히 물어보아,

"여보시오, 토생원, 말씀 다 하시었소?

몹시 허풍 내시었소. 산에서 부는 바람 해풍보다 훨씬 세니 귀가 시려 못 듣겠소. 수중에 있는 이는 산중 일을 모르리라 저렇게 과장하되 당신의 가련 신세 낱낱이 다 이를 테니 당신이 들으려오?"

"말씀하시오."

"천봉에 바람 차고 만학에 눈 쌓이어 땅에는 풀이 없고 나무에는 과실 없어 여러 날 굶은 신세 어두컴컴 바위틈에 고픈 배를 틀어쥐고 적막히 앉은 거동, 함곡관函谷關에 유폐됐던 초회왕楚懷王의 신세런가. 북해상 움집에 산 소중랑蘇中郎의 고생인가. 무슨 정에 눈꽃 보고 매화를 감상하리.

이삼월에 눈이 녹아 풀도 돋고 꽃도 피면 주린 구복口腹 채우려고 골짜기를 헤매는데, 빈틈없이 토끼그물 여기저기 둘러놓고 날랜 걸음 용맹 무사武士 소리치며 쫓아오네. 짧은 꽁지 샅에 끼고, 큰 구멍에 단내 펄펄, 천지 분간 못 하고서 있는 힘껏 도망할 제, 뜻밖에 독수리가 중천에 높이 떴다 앞으로 날아들 제. 당신의 가긍정세可矜情勢 적벽대전 불화살에 목숨이 아니 죽고 간신히 도망타가, 샛길 없는 길목에서 관우關羽

만난 조조曹操로다. 무슨 경황 어느 틈에 기수에서 목
욕하고 바위에서 바람 쐬리.

사오뉴월 여름 되면 당신 신세 어떠한고. 수풀은 물
에 젖고 날은 더워 답답한데 진드기·왕개미가 온몸
에 침질하니 잡자 해도 손이 없고 휘두를 꽁지 없어
볶이다 못 견디어 산 밑으로 내려오면, 나무하는 나
무꾼에, 김매던 농부들이 호미·작대 들고 서서 길목
마다 쫓아오니, 범 피하려다 이리 만난 저 정경이 어
떠한가. 그네 구경, 목욕 구경 어느 틈에 생각할꼬.

칠팔구월 가을 되면 선선하고 벌레 없고 열매·과실
낭자하니 모족의 좋은 때는 일 년 중 제일이나 봉봉
峯峯이 앉은 것은 매 닮은 수리새요, 골골이 뛰는 것은
내 잘 맡는 사냥개라. 몽치 든 몰이꾼은 양 옆에서 몰
이하고, 조총 든 명포수는 화문에 심지 박고 길목에
서 기다리니 당신의 급한 형세, 하늘로 날 것인가, 땅
속으로 길 것인가. 단풍 구경, 국화 구경 내 소견엔 할
수 없네. 우리 수궁 같으면은 태평행락太平行樂 할 터
기에 모셔 가자 하였더니 못 가겠다 거절하니 타고난
사주팔자 화망살禍亡煞이 들었는가. 괴철蒯徹의 말 아
니 들은 종실의 한신 죽음, 범려 편지 불신한 월나라
대부 종種의 죽음, 선생 신세 불쌍하오, 내 행색이 총
총하니 부득이 가나이다."

2-6.
벼슬하러 수궁 간다

별주부가 하직하고 썩썩 가니 토끼가 따라오며,

"여보시오, 별주부. 성정 그리 급하시오?"

주부가 대답하되,

"나 할 말은 다 했으니 불러도 쓸데없소. 평안히 계옵
시며 산림지락山林之樂 누리시오."

앙금앙금 바삐 가니 토끼 급히 따라오며,

"수궁에 들어가면 화망살을 면하리까?"

"알기 쉬운 오행 이치 수극화水克火를 모르시오?"

"그는 그리할 터이나 타국에서 왔다 하고 천대를 하
려 들면 그 아니 절통하오?"

"어찌 그리 무식하오. 동해 사람 강태공이 주나라의
재상되고, 우나라의 백리해가 진나라 정승이 되니,
무슨 천대 받겠소?"

"우리 산중 친구들께 하직이나 하고 가제."

"대사는 대중들과 꾀할 것이 아니라오. 각기 소견 다 다르니 험한 곳에 가지 말라 말릴 이도 있을 테요. 그 일이 장히 좋으니 함께 가자 하는 이도 있을 테니, '길가에 집짓기'라. 그 의견을 다 들으면 삼 년 돼도 못 떠나제."

"우리 처더러 나 간다고 하고 가제."

"어떠한 계획이든 여인에게 알려지면 망하는 법이거늘, 수궁에 가 명성 얻고 가마 보내 모셔 가면 오죽이나 좋겠는가?"

이리저리 살살 달래 수작하며 가노라니 방정맞은 여우 새끼 모퉁이서 썩 나서며,

"이야, 토끼야, 너 어디 가느냐?"

"벼슬하러 수궁 간다."

"이야, 가지 마라. 물은 배를 띄우지만 뒤집게도 만드나니 물이 본디 위태하고, 아침에는 총애받고 저녁에는 죽는 것이 벼슬이라 하였으니, 두 가지 다 위태한 일, 타국으로 구사求仕 갔다 잘못되면 굶어 죽고, 잘되어도 비명횡사."

"어찌하여 비명죽나?"

"이사李斯라 하는 사람 초나라 명필로서 진나라에 들어가서 승상까지 하였는데 함양의 저자에서 탄식하며 허리 베여 죽었으며, 오기吳起라 하는 사람 위나라

명장으로 초나라에 들어가서 정승이 되었으나 임금
과 인척 되는 대신들이 모두 함께 죽였나니. 너도 지
금 수궁 가서 만일 좋은 벼슬하면 정녕히 죽을 테니,
토사호비兎死狐悲라. 내 설움이 어떻겠나? 가지 마라,
가지 마라."

토끼가 옳게 듣고 주부에게 하직하여,

"당신 혼자 잘 가시오, 나는 가지 못하겠소. 천봉백운
내버리고 만경창파 가자기는 벼슬하잔 뜻일러니, 벼
슬하면 죽는다니 객사하러 갈 수 있소. 어진 벗 우리
여우 충고하고 선도하니 그 말 어이 안 듣겠소."

주부가 생각한즉 다 되어 가는 일을 저 몹쓸 여우놈
이 방정을 부렸구나. 여우하고 토끼하고 이간을 붙여,

"좋은 친구 두었으니 둘이 가서 잘 지내오. 제 복이
아닌 것을 권하여 쓸데없소."

돌아도 아니 보고 앙금앙금 내려가니, 토끼가 도로
오며 자세히 묻는 말이,

"복 없다니 웬 말이오?"

주부가 대답하되,

"남들 둘의 좋은 사이 낮추는 말 부당하나 당신이 물
으시니 답할밖에 수가 없소. 내가 육지 나온 지가 여
러 달이 되었기로 여우가 찾아와서 저를 데려가라 하
되, 방정스런 그 모양과 간교한 그 심술이 곁에 있을

수 없기에 못 하겠다 떼었더니 당신 데려간단 말을
이놈이 어찌 알고 쫓아와서 지근거려 당신을 떼보내
고 제가 인제 따라오제."
토끼가 곧이듣고,
"참으로 그렇단 말씀이오?"
"얼마 안에 안 일인데 거짓말할 수 있소?"
경망한 저 토끼가 단참에 곧이듣고 여우에게 욕을 하
며 하는 말이,
"그놈의 평생 행세 일마다 저러하제. 열 놈이 백 말
해도 나는 따라갈 터이오."

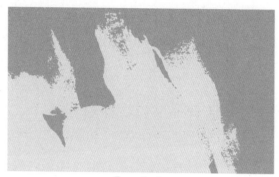

『토끼전』

3부
꾀주머니 열렸구나

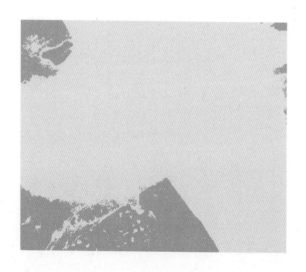

3-1.
배 내밀어 칼 받아라

그렁저렁 내려가니 해변에 당도하였구나. 푸른 물결
끝이 없고 물과 하늘이 하나로다. 토끼가 깜짝 놀라,

"저게 모두 물이오?"

"그렇지요."

"저 속에서 사시오?"

"그러하오."

"콧구멍에 물 들어가 숨이나 쉴 수 있소?"

"그렇기에 내 콧구멍은 조금만 뚫렸지요."

"내 코는 구멍 크니 어찌 하잔 말씀이오?"

"쑥잎 뜯어 막으시오."

"깊기는 얼마나 하오?"

"발목까지 오지요."

"저런 거짓말이 있소. 만일 거기 빠졌으면 한 달을 내
려가도 땅이 발에 안 닿겠소."

"나 먼저 들어갈게, 당신은 서서 보오."

주부가 팔짝 뛰어 해상에 덩실 떠서 하위하위 헤엄치며,

"어디 깊어, 어디 깊어?"

토끼가 하하 웃어,

"당신은 헤엄치오?"

"들어와 보면 알제."

토끼가 의심하며 언덕에 앞발 딛고 물속에 뒷발 넣어 시험하여 보려 하니, 주부가 달려들어 토끼의 뒷다리를 뎅겅 물어 잡아채니 토끼가 풍덩 빠져 서해수를 마시고서 주부의 등에 업혀 해상에 둥둥 떠서 정처 없이 가는구나.

토끼가 팔짱 끼고 주부 등에 앉았는데 범을 타고 달리는 듯 기세는 좋다마는 다시 내릴 수도 없고, 살 없는 제 볼기로 털도 없는 자라 등에 아파 앉을 수가 없다. 주부를 불러,

"여보 나리, 여기 어디 주막 있소?"

"주막은 무엇 하게?"

"끌이든 송곳이든 연장 하나 얻어다가 나리 등에 말뚝 박아 손잡이 하옵시다."

"오래 타면 이력나제."

처음 배 탄 사람같이 토끼가 멀미하여, 똥물을 다 토

하니 주부가 조롱하여,

"이번엔 저 뱃속에 삼위로三危露·구전단九轉丹이 밤낮 들어갈 터이니, 산과목실山果木實 먹은 것을 싹 게워서 속을 씻제."

토끼가 대답하되,

"삼위로 맛 못 보고, 중로에서 죽기 쉽소."

주부 연신 조롱하여,

"만일 그리 위태하면 산중으로 도로 가제."

그렁저렁 가노라니 토끼가 이력나서 무선 기색 하나 없고 지나가는 경치 물어,

"저기 저것 무엇이오?"

주부의 된 사정이 육지 온 지 여러 달에 밤낮으로 고생하다 토끼를 겨우 달래 돌아가기 바빴으니 토끼 구경 시키자고 해상에서 머물면서 가르쳐 줄 리 있나. 대충 좋게 대답하여,

"수중에서 벼슬하면 남쪽 바다 팔천 리를 조석朝夕 구경할 것이니, 지체 말고 어서 가자."

가마꾼의 걸음마냥 성큼성큼 내려와서 수정문에 당도하니, 귀신 같은 얼굴을 한 여러 군사 주부 보고 절을 하며 말하기를,

"평안히 행차하고 토끼 잡아 오시나이까?"

주부가 대답하되,

"오, 저것이 토끼이니 착실히 맡아 두라."

문 안으로 들어가며 토끼가 들어 본즉 정녕 뭔가 탈이로다. 군사들과 수작하여,

"당신네는 수궁에서 무슨 벼슬 하십니까?"

"문 지키는 군사지요."

"수궁에서 무엇하자 토끼를 잡아 왔소?"

"우리 수궁 용왕님이 병세가 위중하셔 토끼 간은 잡수어야 회춘을 하시리라, 신선께서 일러 주어 별주부를 내어보내 잡아 오라 하였는데, 당신 속을 모르겠소. 죽기가 무엇 좋아 고향을 내버리고 예까지 따라왔소?"

토끼가 들어 보니 두 수 없이 죽었구나.

두 눈만 까막까막 생각하고 앉았더니, 이윽고 대궐에서 큰소리가 울리도다. 만조가 입시하고 용상을 올려두고 여러 기물 차리는데, 곤鯤과 고래 좌우 자리 정좌하고 도롱농과 이무기는 앞뒤에서 뛰오르며, 깃발 잡고 창을 들고 방패 짚고 늘어서서 토끼를 지켜 선다. 조막만 한 이 신체가 수정궁 너른 뜰에 엎드려서 생각하니 넓고 큰 바다 속에 한 알 좁쌀 신세로다.

용왕이 병이 중해 거동을 못 하더니 토끼 소식 듣고서는 새 정신이 왈칵 나서 닫힌 창을 열어젖혀 큰소리로 분부한다.

"옥황의 명을 받아 남해를 지키기로, 인간에게 비를 주고 수족水族을 구휼하며 덕을 펴고 베푸는데, 우연히 중병 얻어 토끼 간이 아니라면 다른 약이 없다기에, 별주부가 충성으로 너를 잡아 왔느니라. 네 간을 내어 먹고 짐의 병이 낫는다면 기특한 너의 공을 내가 어찌 잊을쏘냐. 한나라 기신같이 풀을 묶어 만들든지, 월나라 범려같이 황금으로 지을는지, 네 형용을 만들어서 사당 안에 앉힐 테고, 기린각 능운대에 네 이름을 새길 테니 살신성명殺身成名 그 아니냐. 조금도 설워 말고 배 내밀어 칼 받아라."

3-2.
간이 없이 왔사오니 절통하기 측량없소

토끼가 분부 듣고 아무 대답 아니 하고, 고개를 번뜻
들어 용상을 바라보며 눈물 뚝뚝 지어내니 용왕이 생
각하되 저것이 나 때문에 죄도 없이 죽게 되니 오죽
이 불쌍하냐. 좋은 말로 타일러서 미소 짓고 죽게 하
자. 다시 분부하시기를,
"이것으로 부족하냐? 그렇게 공명功名해도 죽기가 서
러워서 눈물을 흘리느냐?"
토끼가 여쭈오되,
"죽기 서러워서 우는 것이 아니오라 못 죽어서 우나
이다."
용왕이 의심하여,
"그것이 웬 말이고?"
"아뢰오니 들으시오. 소토小兎 같은 작은 목숨 인간의
세상에선 독수리 밥이 될지, 사냥개의 반찬 될지, 그

물에 싸일는지, 총부리에 터질는지, 알지는 못하오나 그런 데서 죽사오면 세상에 났던 자취 누가 다시 아오리까. 뱃속의 간을 내어 대왕 환후 구하오면 아무 공로 없사와도 명성이 길이 남아 후세에 전할 텐데, 하물며 대왕 덕에 변변찮은 제 형용을 풀로 엮고 금에 새겨 누대에 앉힌다니, 그 영화 무궁하여 만세유전萬歲遺傳 할 터인데, 이 방정스런 것이 간이 없이 왔사오니 절통하기 측량없소."

대왕이 크게 웃어,

"미련한 것이로다. 거짓말을 할지라도 그럴듯하여야지 속아 넘어갈 것인데, 천천만만 부당한 말 뉘가 곧이들을 테냐. 네 몸이 예 왔는데 네 뱃속에 있는 간이 어이 아직 못 왔는고?"

토끼가 하늘을 보고 한참을 크게 웃으니 용왕이 물으시되,

"속셈이 탄로 나니 할 말 없어 웃는구나."

토끼가 여쭈오되,

"할 말씀은 많사오나 대왕 같은 저 지위에 무식함을 웃나이다. 대왕께선 하늘에도 오르시고 바다에도 드옵시고, 구름을 일으키고 비도 함께 내리시니 천지간의 무궁한 이치 다 아시나 하였더니, 토끼 간이 출입出入함은 소 치고 나무하는 아이들도 다 아는데 대왕

혼자 모르시니 그리 무식하십니까. 기운 것은 차오르고, 찬 것은 기운다는 천지 이치 하늘에선 달이 맡고 있사오니, 보름까지 차오르다 줄어드는 달을 두고 옥토라고 하옵지요. 지상의 진퇴지리進退之里 조수가 맡았기로 밀물에는 물이 많고 썰물에는 적사오니 그 별호가 삼토지요. 소인의 뱃속 간이 달빛 같고 조수 같아, 보름 전엔 배에 두고 보름 지나 밖에 두어 진퇴進退 영험하였기에 약이 되어 좋다 하제. 만일 다른 짐승같이 뱃속에만 늘 있으면, 허다한 짐승 중에 미천한 토끼 간이 어찌 달리 좋으리까. 이번 달 십오일 낭야산 취옹정에 모족 모임 하옵기로 소인의 간을 내어 파초잎에 고이 싸서 방정산 최고봉에 우뚝 섰는 노송 위에 높이높이 매다옵고 모임참에 갔삽다가 별주부를 상봉하여 함께 따라왔사오니, 다음 달 초하룻날 복중에 넣을 간을 어찌 가져올 수 있소?"

용왕이 들어 본즉 이치가 그렇거든, 저런 줄을 알았다면 약 알려 준 신선에게 물어나 보았을 걸 후회막급 되었구나. 용왕이 또 물어,

"네가 손도 없는 것이 뱃속에 있는 간을 어디로 집어내고 임의출입한단 말인가?"

"소토小兎의 밑구멍에 간 나오는 구멍 있어 배에다 힘만 주면 그리로 나오옵고, 입으로 삼키오면 도로 들

어가옵지요."

"간 나오는 그 구멍이 정녕 따로 있단 말인가?"

"소인의 볼기짝에 구멍이 셋이오니, 똥 누고, 오줌 누고, 간 누고 하옵지요."

용왕이 나졸 시켜 밑구멍을 따져 보니 구멍 셋이 완연쿠나.

용왕이 물어,

"네 간이 아니라면 짐의 병을 못 고칠 터, 네 배에 간 없으니 어찌 하면 좋겠느냐?"

"소토 물 밖 나가오면 제 간뿐 아니오라 함께 걸린 다른 간을 많이 가져오련마는, 소토가 먹은 마음 대왕 짐작 못하시니 저는 여기 가두시고 별주부만 보내시어, 소토의 부인에게 제 편지를 보내시면 간을 찾아 보낼 테니 그리 하게 하옵소서."

별주부가 옆에 엎뎌 토끼 말을 들어 보니, 저 놈 데려올 적에도 그 고생하였는데, 하물며 그 부인은 얼굴도 모르는데 어디 가 만나 보리. 설령 만나 본다기로 그 사이에 개가하여 다른 서방 얻었으면, 전 서방 죽고 살기 생각할 리 있겠는가. 뱃속에 간 없단 말 암만 해도 헛말이니 일단 배를 가를밖에. 용왕 전에 여쭈오되,

"토간 출입한단 말이 『사기』에도 없사옵고 이치에도

부당하니, 배를 갈라 간 없으면 신이 육지 또 나가서
보름달이 뜨기 전에 토끼 잡아 올릴 테니 배 가르고
보옵소서."

3-3.
아나 옜다, 배 갈라라

토끼가 들어 보니 두 수 없이 죽겠구나. 주부가 말 못
하게 막아야 쓰겠거든 주부를 돌아보며,
"아까 네가 했던 말을 용왕전에 하자 하되, 육지부터
수궁까지 만 리 길을 함께 하여 입을 열지 말잤더니,
네놈이 하는 거동 갈수록 방정이다. 처음 나를 만났
을 때 사정을 말했으면 그날이 보름날, 우리 식구 수
백 명이 함께 간을 빼어 내니, 그 중에 나이 늙어 약
많이 든 좋은 간을 여러 보를 줬을 텐데. 속이 그리 음
험하여 벼슬하러 수궁 가자 거짓으로 꾀었으니 그것
이 첫 번 허물. 대왕 환후 시급하니 너와 내가 또 나
가서 간을 어서 가져와야 치료를 하실 텐데 나만 어
서 죽이라니, 네놈의 생긴 형용 두 눈은 들어가고, 다
리 짧고, 목은 길고, 뾰족한 입 보아 하니, 환난은 같
이 해도, 안락 함께 못할 상이라. 나를 죽여 간 없으면

어떤 토끼 다시 보리. 내가 수궁 벼슬 하자 너를 따라 갔단 말이 온 산중에 자자할 터, 나는 다시 안 나가고 너 혼자 또 나가면 산중 우리 동무들이 날 데려다 어디 두고 누굴 속이려 또 왔느냐, 토끼 잡기 고사하고 네 목숨이 어찌 되리. 너 죽기는 네 죄로되 대왕 환후 어찌 되리. 생각이 저리 없고 억지 쓰길 저리 하니, 아나 옜다. 충신 종제, 나라 망할 망신[표]이제. 내 목숨 죽는 것은 조금도 한이 없다. 독수리, 사냥개에 구차히 죽지 말고, 수정궁 용왕 앞에 백관들 세워 두고 칠척 장검 날 선 칼에 이 배를 갈랐으면 그런 영화 있겠느냐. 아나 옜다. 배 갈라라. 배 갈라라."

왈칵왈칵 배 내미니 주부는 할 말 없어 두 눈만 까막까막, 용왕이 들어 본즉 그럴 만한 일인지라 만조를 돌아보며,

"저 일을 어찌 할꼬?"

형부상서 준어 여쭈오되,

"죄가 증명 안 됐으면 가볍게 처벌하고, 사형을 내릴 때엔 가엾이 여기라고 성현께서 말했는데, 하물며 저 토끼는 죄조차 없습니다. 복중에 간 있고 없음이 암만해도 의심이나, 경솔히 배를 갈라 간이 만일 없사오면 성현의 말씀들을 모두 어긴 것이오니, 가르지 마옵소서."

병부상서 수어 여쭈오되,

"향기로운 미끼에는 물고기가 잡힌다니 이왕 아니 죽이시면 토끼 마음 감동하게 선물이나 하옵소서."

용왕이 그 말 듣고 토끼에게 존칭하고 별주부를 꾸짖으며,

"토선생이 하는 말씀 꼭 그게 맞습니다. 야, 이놈 별주부야. 통정을 안 한 것이 네가 매우 미련하다. 이 내력을 말했으면 양쪽 모두 좋을 것을. 지난 얘기 그만하고 토선생을 보좌하여 전상으로 모셔 오라."

용왕 좌우 모신 시녀 일시에 내려와서 부축하여 올리는데 토끼가 그에 맞춰 원숭이 모양으로 앞발은 치켜들고 뒷발은 잘 디디고 시녀에게 붙들리어 천천히 발을 떼어 전상으로 올라가니, 특별 좌석 내주어도 네 발을 모으고서 썩 쪼그려 앉았으니, 용왕이 인사를 새로 차려,

"초야에 계시어도 이름 난 지 여러 해라, 오랫동안 세상에서 우러러 보았는데, 찾아가 뵙질 않고 찾아오게 하였으니 오히려 미안하오."

토끼가 대답하되,

"세상 명성 왜 있겠소. 나도 모르는 신선께서 내 이름을 일렀지요."

"아까 우리 한 노릇은 모르고서 한 일이니 괘념치 마

시오."

"경각에 죽을 목숨 대왕 덕에 살았는데 무슨 괘념 하오리까?

"선생의 간 그리 좋아 죽는 사람 살리오면, 육지의 사람들도 선생네 간을 먹고 효험 본 이 더러 있소?"

"끔찍이 많지요. 신선 공부 하는 중에 토간수를 못 먹으면 성공을 못하기에, 안기생安期生·적송자赤松子가 우리 집에 기거하며 우리 선조 간 씻은 물 얻어먹고 신선되어 장생불사 한답니다. 그런 고로 지금까지 해마다 설이 되면 배와 대추, 좋은 과실 선물로 봉하지요."

"만일 정녕 그러하면 선생은 어찌하여 신선노릇 아니하고 산중에 묻혀 살며 독수리와 사냥꾼의 밥 노릇을 하나이까?"

"그 내력이 또 있지요. 간이라 하는 것은 목木기운을 갖는지라, 나무 열매 안 먹으면 간에 약이 아니 드니, 땅에 있는 나무 열매 백 년을 먹어야만 천상으로 올라가오."

"선생은 그 열매를 몇 해나 잡수셨소?"

"백 년 넘게 먹었으되, 신선 자리 빈 데 없어 아직 상천 못하였소."

"그러하면 선생 간은 약이 흠뻑 들었겠소?"

"두 말씀 하시겠소. 제 간 빼는 날이 되면 온 산중이 향내지요."

"선생이 육지 가서 간 가지고 오시자면 몇 날이나 걸리리까?"

"수로 팔천 리는 주부가 나를 업고 밤낮으로 헤엄치면 사흘쯤이 될 것이요, 육로 이만 리는 내가 주부 업고 밤낮으로 달려가면 사흘이면 될 것이니, 갈 제 이레 올 제 이레, 늘려 잡아 보름이면 푼푼하게 넉넉하죠."

3-4.
이번에는 살았구나

용왕이 좋아라고 큰 잔치를 베풀 적에 구름 모양 병
풍 치고 수정 발을 높이 걸고 예부상서 문어 시켜 풍
악을 들이는구나. 순식간에 이십여 명 미녀들이 들어
와서 쇠북을 흔들면서 능파대 춤을 추고, 어린아이
사십 명이 향내 나는 소맷자락 나풀나풀 거리면서 채
련곡 노래하고, 악어가죽 북을 치고, 소라는 피리 불
고, 물 신령은 비파 타고, 강 신령은 기를 잡고, 하늘
선녀 옥반 들어 유리그릇·호박잔에 삼위로와 구전단
을 담뿍 담아 내는구나. 풍류가 낭자하고 뿔잔과 젓
가락이 어지러이 뒤섞이니, 불시에 잔치해도 용왕이
병 얻었던 영덕전 낙성연과 다를 바가 없었구나.
경망한 토끼놈이 신선주를 많이 먹고 취흥이 도도하
여 선녀들과 춤을 추며 의뭉한 말을 하여,
"수궁의 식구들이 모르니까 그러하제, 내 간은 고사

하고 나와 한 번 입 맞춰도 삼사백 년 보통 살제."

선녀들이 곧이듣고 앞 다투어 달려들어 토끼하고 입 맞춘다.

온갖 장난 다한 후에 토끼가 고개 들어 영덕전 바람 벽에 상량문 현판 보며 풍광을 읊는구나.

"동으로 바라보니 방장산·봉래산이 손끝에 닿을 듯이, 서쪽으로 바라보니 약수弱水·유사流沙 흐르는 게 눈 앞에 아른아른, 남으로 바라보니 질펀한 큰 파도가 어족들을 가득 품고, 북으로 바라보니 북극성을 에워싸고 뭇 별들이 어지럽네. 옛 시인들 지은 글이 그 경치와 꼭 같구나. 헌데 용궁 갔었다는 원元나라의 여선문余善文은 망발을 하였구나. 새로 짓는 영덕전이 용왕의 대궐인데 '용의 뼈를 얹어 놓아 들보로 한다' 掛龍骨以爲梁 하였으니, '용골'龍骨 두 자 망발이오."

용왕이 크게 놀라,

"그 말씀이 과연 옳소. 그 두 자 고치시오."

"용龍 자를 파내고서 고래 경鯨 자 좋을 테나 내 길이 총총하니 다녀와서 하옵시다."

토끼가 용왕 앞에 하직하니 용왕이 의뭉하여 토끼를 달래려고 좌우를 돌아보며,

"여봐라. 토선생 그 공로를 측량할 수 없겠지만, 간 가지고 오신 후에 무슨 벼슬 드린다면 하나라도 갚겠

는가."

이부상서 농어 여쭈오되,

"주나라 작위에선 공公 벼슬이 제일이요, 진나라 중서령中書令은 토씨의 선대 직함이니, 낙랑공·중서령에 토선생을 봉하시되, 토선생 지닌 재주 천문·지리 다 밝으니 태사관을 겸하소서."

호부상서 방어 여쭈오되,

"토선생 장한 공로 작위로만 못 갚으니 동정호 칠백 리를 모두 봉해 주옵시고, 금빛 유자 고운 열매, 비단 천 필, 진주 백 곡, 해마다 보내소서."

토끼가 여쭈오되,

"소토 간을 잡수시고 대왕 환후 회복하면 상급이 없사와도 그 명예가 만세까지 길이 남게 될 터이니 진 넘치 마옵소서."

별주부와 한가지로 수정문 밖 썩 나서니 이번에는 살았구나.

3-5.
저기 저것 무엇이냐

토끼가 별주부의 등을 타고 육지로 돌아갈 제, 이왕에 왔던 터니 착실히 구경하여 산중의 동무들께 이야기나 하자 하고 주부를 달래는구나.

"올 때는 총총하여 만경창파 꿈결인 듯 어딘 줄도 몰랐으니, 오늘은 그리 말고 내가 묻는 대로 자세히 가르치면, 너도 먹고 오래 살게 좋은 간을 한 보 주제."

주부가 생각한즉 이번에 가는 길은 토끼에게 매인 목숨, 토끼가 하잔 대로 들어줘야 할 것 같아 그리하자 허락하니 경망한 저 토끼가 잔말이 비상하다.

토끼가 태생부터 이비二妃와 삼려三閭보다 말재간이 뛰어난 듯, 짐승 말은 물론이요 사람 말도 빌려다가 서로 문답하는구나. 자라의 장한 충정, 토끼의 좋은 구변 막힘없이 이어지네. 물고기 타령·짐승 타령 두 가지만 하여 주고, 새 타령을 안 해 주면 한잔 술에 눈물 날라. 또 새 옆에 물 없으면 좋은 경치 아니로다. 새 타령을 끝막이로 물가에 닿기까지 연이어서 하는구나.

자라 등에 토끼 앉아 가리키며 물어,

"저기 저것 무엇이냐?"

"봉황대 위에서 봉황이 노닐더니, 봉황은 떠나가고 홀로 남은 누각 곁엔 강물만 흐르는구나' 하였으니 저것이 그 금릉의 봉황대다."

"저기 저것 무엇이냐?"

"'이미 옛사람은 황학黃鶴 타고 떠나가고, 강가엔 물안개만 자욱하다' 하였으니 저것이 그 황학루다."

"저기, 저기는?"

"'맑은 냇물 거침없고 도성엔 나무만이 무성하고, 곳곳에는 향내 나는 풀까지 우거졌네' 하였으니 저것이 그 앵무주鸚鵡洲다."

"저기, 저기는?"

"'달밤에 이십오현 거문고를 타니, 설움을 못 이기고 날아가다 돌아왔나.' 기러기 돌아오는 소상강瀟湘江이다."

"저기, 저기는?"

"'해질녘 노을따라 외로운 따오기는 가지런히 날아가고, 가을 물은 먼 하늘과 한 빛이네.' 따오기 나는 등왕각騰王閣이다."

"저기, 저기?"

"'꾀꼬리도 오랫동안 서로 알고 지냈더니, 이별을 앞에 두고 네댓 번씩 우는구나.' 꾀꼬리 우는 호상정湖上亭이다."

"저기, 저기?"

"'달이 지자 까마귀 울고 서리가 하늘에 가득한데, 강가의 단풍나무 고깃배 등불 마주하고 시름 속에 졸고 있네.' 까마귀 우는 고소성姑蘇城이다."

"저기, 저기?"

"'달이 밝아 별빛은 희미한데, 까막까치 남쪽으로 날아가네.' 까치 나는 적벽강赤壁江이다."

"저기 날아오는 것은 무엇이냐?"

"'이 봉토의 넓이가 얼마인지 알려 하나, 대붕이 날아갔던 쪽빛 물결이 다하는 곳이라네.' 북명北溟에서 남명南冥 오는 붕새로다."

"저기 앉은 것 무엇?"

"'길고 푸른 잎사귀 위에 서늘한 바람 일고, 붉게 핀 여뀌꽃 옆 해오라기 한가롭다.' 그 해오라기다."

"저기 조는 것 무엇?"

"'아름다운 풍류는 그려 내기 어렵도다. 부평초와 같은 몸에 흰 갈매기 같은 마음.' 그 갈매기다."

"저기 나는 것 무엇?"

"'원앙은 연못 위에 쌍을 지어 나는구나.' 녹수 찾는 원앙이다."

"저 까만 것 무엇?"

"'홀로 가고 홀로 와서 들보 위에 앉은 제비.' 강남서 오는 제비다."

"저기 가는 것 무엇?"

"'강 하늘 아득한데 새들만 쌍쌍이 오가네.' 그것 참 새다."

그렁저렁 문답하며 만경창해 다 지나고, 버드나무 늘어진 물가에 상륙하여 토끼는 앞에 서고 주부는 뒤따른다.

3-6.
토끼, 주부와 이별하다

토끼의 분한 마음 주부의 지은 죄를 곧 호령을 할 터이나, 저 단단한 주둥이로 뒷다리를 꽉 물고서 물로 도로 들어가면 어쩔 수가 없겠구나. 바다가 안 보이도록 한참을 훨썩 가서 바위 위에 높이 앉아 주부를 호령한다.

"네 이놈 자라야, 네 죄목을 의론하면 죽여도 모자라고 뭘 해도 괘씸하다. 만약 용왕 머리 씀이 나와 같이 총명하고, 나의 구변 모자라서 용왕같이 미련하면, 아까운 이내 목숨 수중원혼 되겠구나. 『동래박의』同萊博議 책을 보니 물고기나 짐승이나 미련함이 같다하나, 어족魚族의 미련하기 모족毛族보다 더하더라. 오장에 붙은 간을 어찌 출납하겠느냐. 네 행실을 헤아리면 산중으로 잡아다가 우리 동무 다 모아서 잔치를 배설하고, 네 놈을 푹 삶아서 백소주에 안주 삼아 초장 찍어 먹을 테나, 본 마음을 생각하여 그리는 안 하겠다. 도척盜跖이 기른 개도 주인을 생각하여 요임금 보고 짖고, 초나라의 계포季布도 항우項羽를 생각하여 유방劉邦을 괴롭혔다 하나, 그게 무슨 죄 되리오. 주인 위해 그랬음이 십분 짐작되는도다. 하물며 만경창해 네 등 타고 왕래하며 사지동고死地同苦 하였기에, 목숨 살려 보내 주니 그리 알고 돌아가라. 허나, 좋은 약을 보내기로 왕과 약조하였으니, 점잖은 내 도리에 어찌 식언하겠느냐? 네 왕의 두 눈망울 열기가 과하더라. 나의 똥이 장히 좋아 사람들이 주어다가 앓는 아이 먹여서는 열 내린다 하였나니, 갖다가 먹인다면 병이 곧 나으리라."

철환똥을 많이 누어 칡잎에 단단히 싸 자라 등에 올려놓고 칡으로 감아 주니, 주부가 짊어지고 수궁으로 가는구나. 주부가 수궁 가서 용왕이 토분 먹고 그만 병이 나았으니 자라는 충신이 되었구나.

토끼가 주부와 이별하고 오죽이나 좋겠느냐. 본디 토끼란 게 구덩이 안에서도 달리는 짐승이니 깡장깡장 뛰어가며 그 기색이 무섭구나. 반갑도다, 반갑도다. 우리 고향 반갑도다. 청산과 녹수가 그 옛날과 다름없고, 눈앞에 보이는 게 모두 전에 보던 데라. 푸른 봉, 흰 구름은 내가 앉아 졸던 데, 나무 열매 떨어진

곳 내가 주워 먹던 데라.

"너구리 아재 평안하오, 오소리 형님 잘 있던가. 벼슬 생각 부디 말고 이사 생각 부디 마소. 벼슬하던 몸 위태롭고, 타관 가면 천대받네. 몸에 익은 청산풍월 낯 익은 우리 동무 주야상종 즐겨 노세."

3-7.
토끼의 마지막 고난

토끼가 이리 뛰고 저리 뛰며 한눈팔며 뛰어가다가 김 첨지가 쳐 놓은 사냥 망에 걸렸구나. 오도 가도 못하고서 하늘 보며 탄식하기를,

"차라리 이 몸이 수궁에서 죽었다면 용왕을 살려 주고 은혜나 끼칠 것을. 천신만고 벗어나서 그물에 죽게 되니 이 아니 원통한가. 불쌍하다! 나의 신세. 구름 깊은 골짜기의 수정 같은 시냇물을 언제 다시 먹어 볼까. 백운청산白雲靑山 무한 경치 다시는 못 보겠네."

한참 이리 탄식할 때 쉬파리가 날아와서,

"토끼 아재 어찌하여 이리 누워 있소?"

"나는 이리 병이 나서 여기 누워 있거니와, 어디에서 너 오느냐?"

"수일 전에 큰길가에 잠시 쉬며 앉았다가, 서울 가는 말을 보고 펄쩍 날아 앉았는데, 이 말이 하루 만에 천

리를 가는 고로, 순식간에 달려가서 남대문에 이르렀소. 말에서 훌쩍 내려 남대문 위에 올라 장안을 굽어보니 번화한 그 기상을 어이 다 측량하리. 이 집 저 집 둘러보고 육조六曹를 다 돌아서 영의정 집 찾아가니 영의정이 차비하고 마침 조회 들어갔소. 영의정 등에 업혀 궐내로 들었더니 조정의 모든 신하 좌우로 나열하더라. 용상에 왕 납시니 천위天位가 엄숙하고 예모禮貌가 극진터라. 조회를 파한 후에 수라 진지 올리거늘, 내 기갈이 자심하여 감상관監床官을 자처하고 이것저것 맛을 보니 음식도 좋거니와, 일등미색 궁녀들이 좌우로 늘어서서 부채질을 활활 하니 이런 호강 또 있는가. 거기를 나와서는 내전內殿 후궁 구경하고, 남대문에 도로 와서 지나가는 말 있기에 등에 앉아 왔소이다. 좋은 구경 많이 하고, 좋은 음식 많이 먹고, 미색 많이 보았으니, 내 재주가 어떠하오?"

"네 재주는 좋다마는 아무리 좋다 해도, 내 온몸에 쉬를 슬진 못하리라."

"우리 구족 몰아오면 어이 그리 못하리까."

쉬파리가 날아갔다 저희 떼를 데리고서 왱왱 하며 날아와서 토끼 몸에 알 낳으니 토끼의 털끝마다 쉬 빛이 되었구나.

이때에 나무 가던 나무꾼 십 수 명이 이곳을 지나다

가 저 건너 김첨지의 그물이 생각나서 뭐 걸렸나 와 봤더니 토끼가 걸렸구나. 크게 기뻐하며 토끼를 떼어 낼 제, 토끼가 소리 없이 방귀를 뀌는구나. 매캐한 구린내가 나무꾼의 코를 푹 찔렀겠다. 토끼를 보자 하니 쉬가 잔뜩 슬었더라. '못 먹겠다.' 휘휘 둘러 토끼를 내던지니 죽은 듯이 누웠다가 나무꾼이 다 간 후에 홀로 앉아 탄식하네.

"죽기는 면했지만 골병 단디 들었구나."

토끼가 그곳 떠나 제 놀던 언덕으로 가만가만 오르는데, 어디서 '쐐' 소리가 멀리서 들리거늘, 깜짝 놀라 쳐다보니 독수리가 달려드네. 얼른 바위 구멍으로 냉큼 뛰어들었으나 미처 구멍 들기 전에 독수리가 날아들어 토끼 뒷발 움켜쥔다. 토끼가 독수리를 속이고 말하기를,

"하하하. 연鳶: 솔개 장군이 내 발은 아니 쥐고 나무뿌리 쥐었구나."

"놓으면 숨으려고 그리 나를 속이느냐?"

다시 토끼가 독수리를 속이려고,

"쾌주머니를 줄 것이니 조금 놓아 주시오."

"쾌주머니가 무엇이냐?"

"그것 하나 가진다면 어떠한 짐승이든 힘도 하나 안 들이고 편히 앉아 먹는다오."

독수리가 사냥할 때 기운을 한 번 쓰면, 두 번 쓰기 어려워서 평생 원통하였으니, 진실로 그러하면 좋겠다고 생각하고 토끼에게 묻기를,

"그것이 어딨느냐?"

"이 굴속에 들었으니 내 발 조금 놓으시오."

독수리가 곧이듣고 토끼 발을 놓아 주니, 토끼가 톡 차고 들어가며 크게 꾸짖기를,

"바다 용궁 광리왕과 백관들도 내 말에 다 속았고, 나무 하던 초동들도 내 꾀에 속았으니 조그마한 독수리가 어찌 아니 속을쏜가. 대가리만 들이거라. 내가 한 번 박살나게 깨물리라."

독수리가 대로하여 바위 앞에 웅숭그리고 오래 앉아 있었으나, 꾀 많은 토끼가 나올 가망 없는지라, 독수리가 훨쩍 날아 산봉우리 넘어간다. 토끼가 그제야 좌우를 둘러보며 앙금앙금 기어 나와 전에 놀던 언덕으로 가만가만 오르는구나.

때는 황혼이라. 사냥꾼이 사냥하다 꿩도 하나 못 잡고서, 빈 망태만 걸머지고, 풀 멍석을 숙여 쓰고, 먹장삼 떨쳐입고, 산비탈 좁은 길로 은근히 돌아오다가 토끼를 얼른 보고, '옳다. 옳다. 이제 한 놈 잡겠구나.' 화문火門을 덜컥 열고 방아쇠 딸깍 하니 귀약불이 번쩍 하며 불소리 '탕' 하니 산천이 무너지듯. 토끼가 불

을 맞아 대굴대굴 구르니 포수가 기뻐하며,

"옳다. 저놈 맞았구나. 나에게 재주 있어 토끼 너를 잡았느냐, 네가 오늘 운수 나빠 내 총에 맞았느냐."

포수 다시 철환 넣고, 화약을 채우려고 한참을 분주할 제, 토끼 정신 차려 보니, 상한 데 하나 없고 아픈 데도 없건마는 두 귀가 가뿐하다. 앞발로 만져 보니 두 귀 끝이 베인 듯이 뚝 끊어졌는지라.

"옳지. 이제 살았구나. 두 귀 없어 못 살까? 타고난 수명은 하늘에 달렸으니 이렇다고 내 죽을까."

천방지축 뛰어가서 소나무 숲 깊은 골에 은근히 몸 감추고 가만히 살펴보니, 포수가 토끼 찾아 한참을 서성이다 헛기침만 쿵쿵 하고 뒤돌아 가는구나.

토끼가 그날 밤에 숲속에 홀로 앉아 탄식하며 말하기를,

"별주부가 나를 보고 삼재팔난三災八難 다 가졌다 그리 말을 하더니만, 그놈 말이 옳았구나. 세상에 있다가는 내 명에 못 죽으리."

토끼가 잠 못 들며 궁글궁글 전전반측 이리저리 생각하니, 산중이 천상만 못하고 인간세도 천궁天宮만 못하구나. 홀연히 깨닫고는 구름 타고 올라가니 보이지가 않더라.

주부는 충신 되고, 토끼는 신선따라 월궁으로 올라

가서 여태까지 약 지으니, 자라와 토끼란 게 모두 같
은 미물로서, 장한 충정 많은 슬기 사람하고 같은 고
로, 타령을 만들어서 세상에 유전하니 사람이란 이름
달고 이들만도 못하다면 그 아니 무색한가. 부디부디
명심하오.

"아이고 아버지, 인당수에 빠져 죽은 심청이가

살아왔소. 천신이 감동하여 나는 다시 살아왔는

데, 아이고 아버지, 여태 눈을 못 뜨셨소?"

심봉사가 들어 보니 목소리가 심청이라.

손목을 꽉 잡으며,

"애고, 이게 웬 말이냐? 죽어서 혼이 왔느냐?

내가 수궁을 들어왔느냐?

아니면 내가 꿈을 꾸느냐? 이것이 웬 말이냐?

죽고 없는 내 딸 심청, 살아오다니 웬 말이냐?

내 딸이면 어디 보자. 아이고, 이놈의 팔자하고,

눈이 있어야 앞을 보지. 죽었던 딸자식이 살아서

돌아왔는데 눈이 없어 내 못 보니

이런 팔자 어디 있나?"

낭송Q시리즈 북현무
토끼전/심청전

『심청전』편

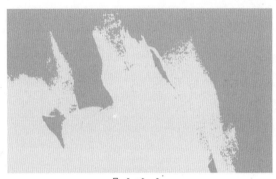

『심청전』

1부
심봉사의 젖동냥,
심청의 아비 봉양

1-1.
불효 중에 자식 없음 가장 크네

송나라 원풍 말년 황주땅 도화동에 한 소경이 있었는데, 성은 심이요 이름은 학규라. 비녀와 갓끈 갖춘 명문 귀족으로 대로 명성이 자자했으나, 가운家運이 다하고, 청운의 벼슬길 끊어지며, 작위 또한 사라졌으니, 시골 구석의 곤궁한 신세에, 가까운 친척도 없고, 겸하여 눈마저 머니, 그 누가 받드리오. 허나 양반의 후예로서 행실이 청검하고 지조가 굳건하여 모든 행동 경솔히 아니하니 사람마다 군자라 칭하더라.

그 아내 곽씨 부인 그도 또한 현명하여 『예기』禮記 「가례」家禮 '내칙편'內則篇과 『시경』詩經 「주남」周南 「소남」召南 '관저시'關雎詩를 모르는 것 없는 데다, 이웃 간에 화목하고 아랫사람과 친애하며 집안 살림 예의범절 무슨 일이든 감당하나, 백이·숙제의 청렴이며 안연의 가난이라, 이어받은 생업 없이 초가 단칸에 뒷박 하나, 송곳 세울 땅도 없고 문간방에 노비 없어 가련한 곽씨 부인 몸을 바쳐 품을 팔 제.

삯 바느질, 관대, 도복, 행의, 창의, 직령이며, 협수, 쾌자, 중치막, 남녀 의복 잔누비질, 상침질, 외올뜨기, 곧추누비, 솔 오리기, 세답^{洗踏} 빨래, 푸새, 마전, 하절의복, 한삼, 고의, 망건 꾸며 갓끈 접기, 배자, 단추, 토시, 버선, 주머니, 쌈지, 약낭, 필낭, 휘양, 볼끼, 복건, 풍차, 처네, 주의, 이불이며, 베갯모에 쌍원앙과 흉배에 쌍학 놓기, 토주, 갑주, 분주, 표주, 명주, 생초, 춘포이며, 삼베, 백저, 극상 세목을 삯 받고 맡아 짜기, 청황, 적흑, 침향, 유록, 온갖 염색 맡아 하기, 초상 난 집 원삼 제복, 혼인 대사 음식하기, 갖은 증편, 중계, 약과, 박산, 과줄, 다식, 정과, 냉면, 화채, 신선로며, 갖은 반찬 약주 빚기. 일 년 삼백육십 일을 잠시도 놀지 않고 품을 팔아 모을 적에, '푼'을 모아 '돈'이 되고, '돈'을 모아 '냥'이 되고, '냥'을 모아 '관돈' 되니, 일수와 체계와 장리변으로* 착실한 곳 빚을 주어, 실수 없이 받아들여, 조상 제사 받들기와 앞 못 보는 가장 공경 변함없이 한결같아, 상하 인민 노소 간에 곽씨 부인 어

---

* 일수(日收)는 본전에 이자를 얹어서 날마다 얼마씩 거둬들이는 방법이고, 체계(遞計)는 장날마다 거둬들이는 방법이며, 장리변(長利邊)은 곡식을 꿔주고 일 년 뒤에 본전의 절반을 이자로 받는 방법이다.

질단 말, 뉘가 아니 칭찬하리.

하루는 심봉사가 곽씨 부인을 불러,

"여보 마누라!"

"예."

"세상에 사람이 생겨날 제 부부야 뉘 없으리오. 전생에 무슨 은혜로 이 세상의 부부 되어 앞 못 보는 가장 나를 한시 반때 놓지 않고, 의복 음식 때맞추어 지성으로 공양하니, 나는 편타 하거니와 마누라 고생 보니 애간장이 녹는구려. 날 공경 그만하고 의논이나 하십시다.

우리 나이 사십이나 슬하에 자식 없어, 조상 제사 끊어지니 죽어 황천 돌아간들 무슨 낯에 조상 뵈리. 우리 부부 사후 신세 초상, 장사, 소상, 대상, 연년 기일 돌아온들 밥 한 그릇 물 한 모금 그 누가 받드리오. 명산 대천에 정성 들여 눈 먼 자식 하나라도 남녀 간에 낳아 보면, 평생 한을 풀 것이니 지성으로 빌어 보오."

곽씨 부인 대답하되, "옛글에 이르기를 '삼천 가지 불효 중에 자식 없음 가장 크네'不孝三千無後爲大라 하였으니, 우리 부부 자식 없음 모두 처의 죄악이라, 내침직도 하건마는 봉사님의 덕택으로 이때까지 동거하니 자식을 곧 낳을세면 무슨 수고 피하리오."

심청, 태어나다

곽씨 부인 그날부터 품 팔아 모은 재물로 온갖 공을 들이는데,

명산대찰, 영신당과 고묘, 총사, 성황당과 제불, 보살, 미륵님과 칠성불공, 나한불공, 제석불공, 가사시주, 인등시주, 창호시주, 갖가지로 다 지내고, 집에 들어 있는 날은 조왕 성주 지신제를 지극 정성 다 드리니, 공든 탑이 무너지며, 잘 키운 나무 꺾어질까.

갑자 사월 초파일에 꿈을 하나 얻었으니, 천기가 명랑하고 기운이 서려, 오색이 영롱하다. 한 선녀가 학을 타고 내려오매, 몸에는 비단 옷에 머리에는 화관이라. 허리에 옥패 차고 계수나무 손에 들고, 부인 앞에 절한 후에 옆에 와서 앉는 거동, 달 정기가 품에 들 듯, 남해 관음 다시 온 듯, 심신이 황홀하여 진정키 어렵더니, 선녀의 고운 태도 앵두 입술 반쯤 열고 옥 구

르는 소리로 하는 말이,

"저는 서왕모의 딸이오나, 반도蟠桃 진상 가는 길에 옥진 낭자를 만나 잠시 애기 나눴는데, 시時를 좀 어겼기로 상제께 죄를 얻어 인간세에 내치시매 갈 바를 몰랐더니, 태상노군, 후토부인, 제불보살, 석가여래께서 귀댁으로 지시하여 명을 받아 왔사오니 어여삐 여기소서."

품 안으로 들어오매 깜짝 놀라 깨어나니 한갓 꿈이로다. 부부가 서로 의논하니 둘이 꿈이 같은지라, 그날 밤에 어쨌는지 과연 그 달부터 태기가 있더라.

곽씨 부인 어진 행실, 부정하면 앉지 않고, 삐뚤면 먹지 않고, 잡된 소리 듣지 않고, 악한 것은 보지 않고, 가장자리에 서지 않고, 모로 기울여 눕지 않아, 열 달이 찬 연후에 해산의 기미가 있는데,

"아이고 배야, 아이고 허리야."

심봉사가 손을 꼽아 곰곰이 생각터니 한편으론 반갑고 한편으론 겁이 나서 더듬더듬 나가더니,

"여보소 귀덕이네! 우리 마누라 해산하오. 얼른 좀 와 보시오!"

"아이고 봉사님, 어서 들어가십시다."

귀덕 어미 들어오매, 짚자리 들여 깔고 정화수 받쳐 놓고, 좌불안석 급한 마음 순산키를 기원하매,

"비나이다, 비나이다. 삼신제왕 전에 비나이다. 곽씨 부인 노산이니 헌 치마에 오이 씨 빠지듯 순산하게 하옵소서!"

향취가 가득하고 오색안개 자욱하며, 혼미한 중에 탄생하니, 선녀 같은 딸이로다. 곽씨 부인이 정신 차려 가장에게 묻는 말이,

"여보시오 봉사님, 남녀 간에 무엇이오?"

심봉사 대소하며 아기 샅을 만져 보니, 걸리는 것이 하나 없어 손이 나룻배 지나듯 매끈 지나가니,

"아무래도 묵은 조개가 햇 조개를 낳았나 보오."

곽씨 부인 서러워서,

"늦게서야 얻은 자식, 딸이라니 원통하오."

"마누라, 그 말 마오. 첫째는 순산이오. 아들도 잘못 되면 조상에게 욕이 되오. 딸이라도 잘만 두면 아들 주고 바꾸겠소. 우리 이 딸 고이 길러 예절 먼저 가르치고 바느질, 길쌈 두루 시켜 요조숙녀 만들어서 군자의 배필 삼아 부부간에 화락하고 자손이 번성하면 외손제사 못 받겠소?"

첫 국밥을 얼른 지어 삼신상에 올려놓고 의관을 정제하여 삼신 앞에 빌려 할 때, 심봉사는 무뚝뚝한 성품이라 남이 들으면 싸움하듯 비는 것이었다.

"삼십삼천 도솔천왕, 이십팔수 열위성군, 신불제석

삼신제왕, 모두 마음 같이하여 굽어내려 보옵소서. 전생의 죄가 많아 병신 되고 자식 없어 밤낮없이 한탄하니, 천신이 감동하고 부처님이 지시하사 사십 너머 얻은 딸이 열 아들과 같사오니, 동방삭의 긴긴 명과 석숭의 갖은 복을 모두 점지하옵시고, 순임금의 효성이며, 태임·태사의 덕행 구비하여, 오이가 불어나듯, 달이 차오르듯 잔병 없이 잘 가꾸어 일취월장시켜 주오."

손을 싹싹 비비면서 무수히 절한 후에, 더운 국밥 퍼다 놓고 산모를 먹이고서, 심봉사 절로 기뻐 핏덩이를 품에 안고 어르는데,

"둥둥둥 내 딸이야, 어허 둥둥 내 딸이야. 금자동아 옥자동아. 금을 주고 너를 사랴, 옥을 주고 너를 사랴. 둥둥둥 내 딸이야 어허 둥둥 내 딸이야. 『숙향전』의 숙향이가 네가 되어 환생했나, 은하수의 직녀성이 네가 되어 내려왔나. 논밭을 장만한들 이보다 더 좋을쏜가, 산호 진주 얻었단들 이보다 더 반가우랴. 둥둥둥 내 딸이야, 어허 둥둥 내 딸이야. 청사초롱 옥등경玉燈檠 댕기 끝에 진주, 상추밭에 파랑새, 파랑새 옆에 붉은 새, 어허 둥둥 내 딸이야!"

1-3.
곽씨 부인의 유언

그때에 곽씨 부인 가세가 빈한하여 도와줄 이 없는 고로, 해산한 지 칠 일이 못 되어서, 조석으로 밥을 짓고, 찬물에 빨래하며, 남의 집에 일도 하니, 외풍을 과히 쐬어 산후별증이 생겼더라. 식음을 전폐하고 정신 없이 앓던 차에 육천 마디 구석구석 안 아픈 데 없는지라.

"아이고 배야, 아이고 허리야. 만신이 이렇게 아파, 나는 아마 못 살겠소."

심봉사 겁을 내어 약도 쓰고, 침도 놓고, 굿도 하고, 경도 읽어, 백 가지로 다 하여도 차도가 없는지라. 심봉사가 기가 막혀 곽씨 부인 곁에 앉아,

"여보 마누라, 이것이 웬일이오. 정신 차려 말을 하오. 식음을 전폐하니 기가 허해 이러한가, 산신님의 탈이런가. 병세 점점 깊어 가니, 앞 못 보는 내 신세와 강

보에 싸인 자식을 어찌하자 이리하오."

불쌍한 곽씨 부인이 살지 못할 것을 짐작하고 눈물을 지으며 유언을 하는데,

"아이고 여보, 봉사님 들으시오. 내 평생 먹은 마음 앞 못 보는 가장을 한평생 봉양하다, 봉사님 돌아가시면 초상 장사 치른 후에 뒤를 쫓아가려 하였더니, 천명이 이뿐인지 인연이 끊어지니 어찌 눈을 감고 갈까. 내 한 몸 죽고 나면 눈 어두운 우리 가장 헌 옷 누가 지어 주며, 밥은 누가 지어 줄까. 사방을 둘러봐도 의지할 곳 하나 없이, 혈혈단신 외로운 몸, 지팡이를 잡아 짚고 때맞추어 다니다가 구렁에도 떨어지고 돌에 채여 넘어지니, 엎어져서 우는 모양 내 눈으로 본 듯하고, 기갈을 못 이기어 집집마다 들어가서 밥 달라는 슬픈 소리 귀에 쟁쟁 들리는 듯, 나 죽으면 혼백인들 차마 어찌 듣고 보리!

명산 대찰에 큰 공 들여 사십 후에 낳은 자식, 젖 한 번 못 먹이고 얼굴도 채 못 보고 원통하게 죽게 되니 이 무슨 죄란 말인가. 어미 없는 어린것을 누가 먹여 길러 낼꼬. 멀고 먼 황천길을 눈물겨워 어이 가며, 앞이 막혀 어이 갈까.

저 동네 이동지댁에 돈 열 냥 맡겼으니 그 돈을 찾아다가 장례에 보태 쓰고, 독 안에 양식 해산 쌀로 두었

으나 다 못 먹고 죽어 가니 출상이나 한 연후에 두고 두고 드시옵고, 진어사댁 관대 한 벌 흉배에 학을 못 다 놓고 농 안에 넣었으니 남의 집 중한 옷을 죽기 전에 보내옵고, 뒷동네 귀덕 엄니 절친하게 다녔으니 어린아이 안고 가서 젖 좀 먹여 달라 하면 괄시 아니 하오리다.

천행으로 이 자식이 죽지 않고 자라나서 제 발로 다니거든 앞세우고 길을 물어 내 무덤에 찾아와서, '아가, 아가, 이 무덤이 너의 모친 무덤이다' 자세히 가르쳐서 모녀 상봉시켜 주오. 천명을 못 이기어 앞 못 보는 가장에게 어린 자식 곁에 두고 영결하고 돌아가니, 봉사님 귀하신 몸 애통하여 상치 말고 오래 보전하옵소서. 이번 생의 미진한 인연 다음 생에 다시 만나 이별 말고 사십시다."

한숨 쉬고 돌아누워 어린 자식 잡아당겨 얼굴을 한데 문지르며 혀를 몹시 끌끌 차며, "천지도 무심하고 귀신도 야속하다. 네가 진작 생겼거나, 내가 조금 더 살거나, 네가 나자 내가 죽어, 한없는 설움을 너로 하여 품게 하니, 죽는 어미 산 자식이 생사 간에 무슨 죄냐. 뉘 젖 먹고 살아나며, 뉘 품에서 잠을 자랴. 애고 내 새끼야, 어떻게 생겼는지 얼굴이나 보자꾸나. 마지막 내 젖 먹고 어서어서 자라거라.

여보시오, 봉사님. 이 아이 이름일랑 심청이라 지어 주오. 청자는 눈망울 청睛이라, 우리 부부 눈 없는 게 평생의 한이로되, 이 자식이 자라나서 아비 앞을 인도하니 그 이름 눈망울이 아니겠소? 나 끼던 옥 가락지, 함 속에 있으니 심청이 자라거든 날 본 듯이 내어주고, '수복강녕'壽福康寧 새겨진 돈, 끈 달아서 두었으니 그것도 채워 주오. 할 말이 무궁하나 숨이 가빠 못하겠소."

1-4.
세상사 모두 다 뜬구름이라

한숨 겨워 부는 바람 구슬픈 소슬바람 되어 있고, 눈
물 모아 오는 비는 쓸쓸한 부슬비 되었어라. 유언소리
끊어지나, 눈 어두운 심봉사는 아무 정황 알지 못해,
"여보 마누라, 병든다고 다 죽겠소. 내 의가에 다녀
올 테니 가만 누워 계시오."
급급히 약 지어 얼른 달여 들어오매,
"여보 마누라, 이 약 좀 자시오. 이 약을 자시면 즉효
한다 하오."
아무리 불러 대고 천만 번 불러 본들 죽은 사람이 대
답할 리 있나. 심봉사 의심이 생겨 약 그릇을 던져 놓
고 손을 들어 만져 보니, 그 몸이 얼음 같고, 사지에
맥 없으며, 코밑에 찬바람이 나는구나. 심봉사 그때
에야 죽은 줄 알게 되어,
"애고 마누라, 참말 죽었나. 죽었단 말이 웬 말인가."

가슴 탕탕 두드리고, 머리 탕탕 부딪히며, 내리뒹굴 치뒹굴고, 엎어지고 자빠지며, 두 발 동동 목을 덜컥, 실성 발광 거꾸러지며, 대구르르르.

"아이고 마누라, 마오, 죽지 마오. 그대 살고 나 죽으면 저 자식을 잘 기르되, 그대 죽고 내가 사니 저 자식을 어찌 할꼬. 구차히 살자 하니 무엇을 먹고 살아가며, 더불어 죽자 하니 어린 자식 어찌 할꼬. 동지 섣달 찬바람에 그 무엇을 해 입히며, 달이 져서 컴컴한데 뉘 젖 먹여 살려 낼까. 마오 마오, 죽지 마오. 평생에 정한 뜻이 생사 함께 하자더니, 황천이 어디라고 날 버리고 가시는가.

인제 가면 언제 오리. 봄을 따라 오시리오, 달을 쫓아 오시리오. 꽃도 졌다 다시 피고 해도 졌다 다시 뜨나, 우리 마누라 가신 데는 가면 다시 못 오는가. 애고 애고 설운지고. 날 데려가소, 날 데려가소. 여보 마누라 곽씨 부인, 나도 같이 데려가소."

손짓 발짓 하며 통곡하니 도화동 사람들이 노소 없이 모여들어 좌우로 늘어 앉아 눈물지으며 하는 말이,

"어질고 밝은 곽씨 부인 재주도 뛰어나고 행실도 거룩터니, 자기 생을 못 다 누려 불쌍히 죽었으니, 심봉사님 그 모습도 불쌍하여 못 보겠네. 이 고을 백여 집이 십시일반 추렴하여 장사라도 도와주세."

동네 사람 한뜻 모아 관곽을 마련하여 댓돌 위에 내어놓고 지상여를 곱게 꾸며 상여꾼은 상여 메고 '어화성'을 부르는데,

"어허 넘차 너화넘. 북망산천 어디런가? 앞산 너머 북망이네! 어허 넘차 너화넘. 황천수가 멀다던가? 앞 냇물이 황천수네! 어허 넘차 너화넘. 사람이 세상을 '공수래공수거'空手來空手去 하니 세상사가 모두 다 뜬구름이라! 어허 넘차 너화넘. 여보시오, 상여꾼들. 자네도 죽으면 이 길이요, 나도 죽으면 이 길이라. 인간 세상을 떠나는 것은 우리 모두가 일반이라! 어허 넘차 너화넘. 불사약이 없었으니 이 세상에 나온 이들 장생불사 뉘 할쏜가! 어허 넘차 너화넘."

그때의 심봉사는 논틀 밭틀 쫓아와서 상여 뒤채 부여잡고, 아이고 아이고 울어도 보고 어허 어허 웃어도 보며,

"아이고 마누라, 어디로 가오. 날 버리고 어디 가오. 아이고 여보 마누라, 나하고 가세, 나하고 가세. 눈 먼 가장, 갓난 자식 인정 없이 내버리고, 이제 영영 혼자 가네. 산은 첩첩 길은 망망, 다리 아파 어찌 가며, 날은 침침 밤은 어둑, 주막 없이 어찌 갈꼬. 아이고 여보 마누라, 무정허고 야속허네. 나하고 가세, 나하고 가세."

양지 바른 땅 가리어서 고이 장사 지낸 후에, 심봉사

가 제를 지내되 거꾸러져 우는지라.

"여보 마누라, 여보 마누라, 백년가약 어데 두고 이 작은 무덤 웬일이오? 앞산도 첩첩하고 뒷산도 적막한데 마누라 영혼은 어느 곳에 가 계시오? 무정하고 야속하오. 마누라 송장이 방안에나 있을 때는 오히려 든든터니, 오늘부터 독수공방 이 설움을 어이할꼬. 외로운 이내 신세 아들이 어디 있고, 일가친척 어디 있소? 마누라 아니면은 얼어서도 죽을 테요, 굶어서도 죽을 테니, 차라리 지금 죽어 둘이 함께 묻히리다. 아이고 마누라, 날 잡아가소, 날 잡아가소."

동네 사람들이 우는 심봉사를 붙들고 위로하여 하는 말이,

"여보 봉사님, 여보 봉사님. 그리 마오, 그리 마오. 죽고 사는 길이 영영 달라 한 번 죽은 곽씨 부인 돌아올 리 만무하네. 죽은 아내 따라가면 산 자식을 어쩌겠소. 슬픔일랑 진정하고 남은 딸을 생각하오."

심봉사 이 말을 듣고,

"고맙소, 고맙소. 은혜가 사무치오."

한숨 쉬고 일어나서 집으로 돌아갈 제, 옆에서 부축하고 등 뒤에서 떠밀리고, 엎어지고 자빠지며 돌아돌아 가는구나.

1-5.
젖 달라 우는 자식, 아내 생각 우는 가장

심봉사가 집이라고 더듬더듬 찾아오니 부엌은 적막
하고 방안은 텅 비어서, 어린아이 혼자 누워 젖 달라
고 울어 대니, 심봉사가 서럽고도 반가워서 아기를
달래 주며,

"아가, 아가 울지 마라. 배가 고파 우느냐, 어미가 죽
어 우느냐? 네 어미 먼 데 갔다. 낙양 동쪽 이화정의
숙낭자를 보러 갔다. 네 아무리 서럽게 운들, 젖 한 모
금 누가 주리. 울지 마라, 내 새끼야. 불쌍한 내 딸. 고
인 물의 물고기 같아, 물 한 모금 누가 주리."

두 낯을 한데 대고 아무리 달래어도 울기만 하는구
나. 심봉사가 할 수 없어 또다시 울어 대니,

"아이고 마누라, 어디로 가시었소? 한번 가면 아니
오는 은하 직녀 따라갔나? 월궁 항아 따라갔나? 가더
니 아니 오니 어느 때에 오려는가. 봄을 따라 오려는

가, 달과 함께 오려는가? 앞산 너머 돋는 풀은 해마다 푸르건만, 우리집 마누라는 가서 아니 돌아오니, 이 무슨 일이런가. 염라국은 그 어딘지, 두 눈이 캄캄하니 지척인들 알 수 있나. 애고 애고, 서러운지고."

젖 달라 우는 자식, 아내 생각 우는 가장, 울음으로 밤을 샌 뒤, 새 우는 소리 듣고 날이 샌 줄 짐작하여, 갓난 자식 품에 안고 한 손에 막대 짚고, 집집마다 다니면서 불쌍하게 비는 말이,

"엊그제 낳은 자식 어미 죽고 젖이 없어 죽기에 이르렀으니, 이 애 젖 조금 먹여 주오."

자식 있는 여인들이 어찌 괄시하겠느냐. 젖을 먹여 내어 주며,

"눈 없는 노인 신세, 젖 없는 아이 모습, 차마 보기 불쌍하니 어렵다 마시고 이따금 찾아오오. 이 집에도 애가 있고 저 집에도 애 있으니 내일도 안고 오시고 모레도 안고 오시면 우리 애는 못 먹여도, 이 애 설마 굶기리까."

심봉사가 좋아라고 아기 배를 만지면서,

"둥둥둥 내 딸이야. 어허 둥둥 내 딸이야. 아이고 내 새끼, 배가 불뚝 불렀구나. 배가 이리 불렀으니 오죽이나 좋겠느냐! 이 덕이 뉘 덕이냐. 동네 부인의 덕이로다. 어려서 고생하면 부귀공명 이룬다니, 너도 어

서 자라나서 이 은혜를 갚으렷다."

낮이면 동냥젖과 밤이면 암죽으로 간신히 기르는데,
두서너 달 지나가니 심봉사 젖동냥에 이력이 났구나.
오뉴월 더운 날에 위아래 밭매는 데, 관솔불 피워 놓
고 품앗이로 삼 삶는 데, 개울물에 흰 돌 깔고 의복 빨
래하는 데와, 음력 팔월 추석 무렵 중로 보기 하는 데
를, 곳곳마다 찾아가서 추렴 젖을 먹인 것이, 잔병 없
이 수이 자라 사오 세가 되었구나.

1-6.
심청이 아비를 봉양하다

지팡이 한끝 잡고 아비 앞을 인도하여 마을 어귀 다니면서, 아침저녁으로 밥을 빌고, 낮이면 동냥하며, 그럭저럭 지내어서 일곱 살이 되었는데, 하루는 심청이 부친께 여쭈오되, "아버님 늙으시고 눈이 어두우시니, 나 혼자 밥을 빌어 봉양을 하오리다."

심봉사가 깜짝 놀라, "이것이 웬 말이냐? 내 아무리 가난하나 양반의 후예로서 예절조차 모를쏘냐? 네 나이 이제 칠 세가 되니, 너를 들어앉히고서 나 혼자 밥 빌려 하거늘, 나더러 들어앉고 너 혼자 밥을 빈다니, 이런 말은 다시 말라."

심청이 여쭈오되, "아버지 들으시오, 건넛마을 장승상 댁에서 글 읽는 소리를 귀동냥으로 들어 아옵나니, 부자유친父子有親은 오륜의 으뜸이요, 남녀 칠세 부동석은 사소한 예절이라. 칠세 여자 내외하여 집

안에 들어앉고 병신 부친 내어놓아 밥을 빌어 먹는다면, 그것을 어찌 사람이라 하오리까? 순우의의 딸 제영緹縈은 아비의 죄 사하려 노비가 되려 했고, 진晉나라 때 양향楊香은 아비를 구하려 호랑이를 안았으니, 그러한 여자들은 남자보다 낫사오니, 조석으로 밥 빌기가 무엇이 대단하오? 까마귀는 짐승이나 늙은 부모를 먹이는데, 하물며 사람으로 짐승보다 못하리까? 자식의 도리오니 말리지 마옵소서."

심봉사 하는 말이, "네 말이 그러하니 부득이 허락하나 이 모습 남이 보고 오죽이나 시비하랴."

심청이 이날부터 밥 빌러 나서는데, 그 모습 불쌍하여 차마 보지 못하겠다. 헌 베 바지에 대님 메고, 무명 휘양 눌러 쓰고, 낡아빠진 베 치마에, 깃 없는 헌 저고리, 목만 남은 버선 신고, 쪽박을 옆에 끼고, 서리 아침 추운 날에 새도 미처 안 나는데, 바람맞은 병신처럼 옆 걸음 쳐 건너간다. 먼 산에 해 비치고 건넛마을 연기일 제 터벅터벅 걸어가서 애처롭게 비는 말이, "병신 아비 집에 두고 밥을 빌러 왔사오니, 한 술씩들 덜 잡숫고 십시일반 주옵시면, 불쌍하신 우리 부친 공양할 수 있으리오."

밥 푸는 여인들이 뉘 아니 탄식하리.

"네가 벌써 이리 커서 혼자 밥을 비는구나. 너의 모친 살았으면 네 모습 이와 같으랴."

탄식하고 혀를 차며 밥이며, 김치며, 젓갈, 반찬을 고루고루 덜어 주니 두서너 집에서 얻은 것이 한 끼 상이 되는구나. 급히 돌아와서 사립 안에 들어서며 아비 불러 하는 말이, "날은 춥고 방은 찬데 고픈 배를 틀어쥐고 오죽 고대하셨겠소."

심봉사가 기가 막혀 딸의 손을 후후 불며, "아이고 내 딸, 네 오느냐? 오죽이나 춥겠느냐? 애고애고 모진 목숨, 구차하게 살아남아 자식 고생 시키는구나."

심청이 손을 불며 부엌으로 들어가서 물을 솥에 얼른 데워 빌어 온 밥 덜어 모아 아비 앞에 드리고서,

"빌어 온 밥이나마 자식의 정성이니 설워 말고 잡수시오."

심봉사가 탄식하며,

"목구멍이 원수로다. 선녀 같은 이내 딸을 밥을 빌어오게 하니 구차한 이 목숨이 살아야 하겠느냐. 네 모친 죽은 혼이 이 일을 알게 되면 오죽이나 서러우랴."

좋은 말로 위로하여 기어이 먹게 하니 날마다 얻어온 밥 쪽박 위에 오색이라. 흰밥, 콩밥, 팥밥이며, 보리, 기장, 수수밥이 갖가지로 다 있으니, 심봉사네 밥상은 끼니 때마다 정월 보름이로다.

『심청전』

2부
심청의 목숨 값 공양미 삼백 석

2-1.
심학규 백미 삼백 석

그럭저럭 세월이 흘러 심청의 나이 십오세 되니, 얼굴이 일색이요, 효행이 뛰어나더라. 하루는 장승상 댁에서 생일잔치를 하느라고 심청을 청하여서 음식을 하라셨다. 심청이 명을 받고 음식을 장만하느라 오래 시간 지체하니, 그때의 심봉사는 적적한 빈 방에서 딸 오기만 기다릴 제, 배는 고파 등에 붙고 방은 추워 한기드니, 혼잣말로 탄식한다.

"우리 딸 청이는 진작에 오련마는 어찌 이리 더디 오는고. 내 딸 청아, 어이하여 못 오느냐. 부인이 잡고 만류하는가, 길에 오다 욕을 보는가."

심봉사 기다리다 울화가 버쩍 나서 방문을 후닥닥 닫고, 지팡이는 흩어 짚고, 이리 더듬 저리 더듬 문밖으로 나가는데, "청아, 네 오느냐."

더듬 더듬 나가다가 한 발 자칫 미끄러져 한 길 넘는

개천 속에 온몸이 풍덩 빠져 거의 죽게 되었더라. 심봉사 겁을 내어 어둔 눈을 희번덕하며, "아이고, 도화동 사람들. 심학규 죽네. 도화동 심학규 죽네."

몽은사 화주승이 마침 그리 지나다가 광경 보고 깜짝 놀라 훨훨 벗고 달려들어, 심봉사 건져 내어 등에 업고 집을 물어 급히 급히 돌아와서, 옷을 벗겨 뉘어 놓고 옷의 물을 짜노라니,

"날 살린 이, 게 뉘시오?"

"몽은사 화주승이오."

"죽을 사람 살려 주시니, 은혜가 사무치오."

"은혜랄 것 따로 없으나, 앞 못 보는 그대 신세 불쌍하고 불쌍하다. 이생에 맹인신세 전생의 죄악이라. 형편이 웬만하면, 좋은 수가 있겠다마는."

"좋은 수라니, 무슨 수요?"

"우리 절의 부처님은 영험이 많으시어 정성을 들이면은 아니 되는 일이 없고, 지성으로 고하면은 어김없이 응하는데, 때마침 몽은사가 풍우에 퇴락하여 보수를 하기 위해 시주를 모시오니, 백미 삼백 석만 시주를 하옵시면 삼 년 내로 감은 두 눈 분명하게 뜨오리다."

"이보시오, 이보시오. 그 말이 정말이오? 정녕 그러하면 공양미 삼백 석을 장부에 적어 가오!"

화주승이 어이없어 허허 웃어 하는 말이,

"댁의 가세 빈한하여, 삼백 석은 고사하고 삼 홉도 없는 이가, 그 많은 양식을 무슨 수로 구하겠소?"

심봉사가 화가 나서,

"남의 살림 속사정을 어찌 알고 지껄이나? 두말 말고 삼백 석을 장부에 적어 가오! 어느 놈이 부처님 앞에 헛말을 하겠는가?"

"그리하면 적겠사오나, 기한이 촉박하오. 내달 십오 일 내로 삼백 석을 올리시오. 부처님께 헛말 하면 앉은뱅이 될 터이니, 부디 명심하십시오."

화주승이 붓을 들어 '심학규 백미 삼백 석' 적고 나서 하직하고 돌아가니, 심봉사 혼자 앉아 곰곰이 생각한다.

"아이고 이놈이 환장한 놈이로다! 깊은 개천 물에 빠져 혼미해서 이러는가. 미쳤구나, 정녕 내가 미쳤구나. 무남독녀 딸을 보내 밥 빌어다 먹는 놈이, 공양미 삼백 석을 호기롭게 적어 놓고, 백 가지로 생각한들 방법인들 있을쏜가. 앞 못 보는 병신놈이 앉은뱅이 되겠구나. 차라리 죽을 것을 공연히 살아나서 이 무슨 후회런가. 아이고 내 신세야. 아이고 내 신세야."

2-2.
남경 뱃사람에게 몸을 팔다

심청이 바삐 돌아와 저의 부친 모양 보고 깜짝 놀라
발 구르며, 치맛자락 끌어다가 눈물을 씻어 내고 내
력을 물은 후에 아비를 위로하나, 이때의 심봉사는
공연한 일 저지르고 손수 화를 내는지라.
"아버지, 설워 말고 진지나 잡수시오."
"진지고 무엇이고 나 아부지 아니로다."
"아이고, 아버지! 소녀가 더디 왔다 이리도 노하시
었소?"
"아버지고 뭣이고 너 알아 쓸데없다!"
"아이고, 아버지! 대체 무슨 말씀이오. 아버지는 소녀
를 믿고 소녀는 아버지를 믿어 서로 간에 대소사를
허물없이 의논커늘 '너 알아 쓸데없다'니 제 마음이
서러웁소."
심봉사 그제서야 그동안 있던 일을 낱낱이 말을 하

니, 심청이 반겨 듣고 부친을 위로하되,

"아버지 들으시오. 서진西晉 때의 왕상王祥은 얼음을
깨 잉어 낚고, 오吳나라의 맹종孟宗은 눈 속 죽순 얻어
오며, 후한後漢 때의 곽거郭巨는 부모 반찬 해놓으면
제 자식이 먹는다고, 산 자식을 파묻으려 땅을 파다
금을 얻어 부모 보양하였다니, 지성이면 감천이라,
너무 근심 마옵소서!"

심청이 이날 밤에 목욕재계 정히 하고, 후원에 단을
지어 정화수를 떠다 놓고 지극 정성 드리면서 지성으
로 기도하니,

"소녀의 팔자 무상하여, 어릴 적에 어미 잃고 맹인 아
비뿐이거늘, 아비의 평생 소원 눈 뜨기가 원이온대,
백미 삼백 석을 몽은사에 시주하면 아비 눈이 뜨일지
나, 가세가 빈한하여 이 몸밖에 없사오니, 천지신명
감응하사 이 몸을 사갈 사람 지시하여 주옵소서."

삼경에 시작하여 새벽 닭이 울 때까지 칠일 밤을 정
성으로 빌었더니, 멀리서 개 짖는 소리 산촌에 날리
면서, 무엇이라 외치는 소리 언뜻언뜻 들리거늘,

"나이 십오 세요, 얼굴이 일색이요, 온몸에 흠이 없고,
행실이 바른 처녀. 값을 안 아끼고 중한 값에 사 가리
니, 몸 팔 이 누구 있소, 있으면 대답하오!"

심청이 반겨 듣고 문 앞에 썩 나서며,

"외치고 가는 저 어른들, 이런 몸도 사시겠소?"

사람들이 이 말 듣고 가까이 다가와서 이름과 나이 물은 후에,

"꽃 같은 그 얼굴과 달 같은 그 자태가 우리가 사 가기는 충분히 마땅하나, 낭자는 무슨 일로 몸을 팔려 허시이까?"

심청이 대답하되,

"맹인 부친의 한을 풀려 이 몸을 팔려 하오. 이 몸을 사 가시면 어디에 쓰시려오?"

"우리는 남경에 장사 가는 뱃사람이라. 인당수 용왕님은 사람을 받는 고로 낭자의 몸을 사서 제물로 쓸 터이니 필요한 값일랑 결단을 하여주오."

"더 주면 쓸데없고 덜 주면 부족하니, 백미 삼백 석을 정히 보내 주옵소서."

뱃사람들 허락하니 심청이 하는 말이,

"내 집으로 가져오면 어수선만 할 터이니, 몽은사로 보내시고 대사님의 증표받아 나를 갖다 주옵소서."

뱃사람들이 허락하고,

"이 달 보름에 행선이니, 그리 알고 기다리라."

뱃사람을 보낸 후에 심청이 들어와서 부친에게 여쭙기를,

"공양미 삼백 석을 몽은사로 보냈으니 아무 걱정 마

옵시고 눈 뜨기를 기다리오."

심봉사가 깜짝 놀라,

"청아, 무슨 수가 생겨나서 삼백 석을 올렸느냐?"

"장승상 댁 부인께서 아홉 아들 딸 하나를 모두 혼인 시킨 후에, 매양 나를 사랑하여 양녀 돼라 하시오되, 일가의 무남독녀라 허락하지 않았으나, 공양미 삼백 석을 주선할 길이 없어, 수양딸로 몸을 팔아 시주미를 보내었소."

심봉사 이를 듣고 일희일비 하는지라,

"몸 팔러 갔단 말이 남 보기에 죄스러우나, 승상 댁에 간다면야 어느 누가 괄시하리. 만에 하나 그리하다 눈 못 뜨고 딸 잃으면 둘 다 모두 잃겠구나."

"일이 되는 것은 하늘에 달렸으니 기다려 보옵소서."

2-3.
심청의 이별 준비

눈 어두운 백발 부친 영영 두고 죽을 일과, 사람이 생겨났다 십오 세에 죽을 일이, 정신이 막막하여 수심으로 지내다가,

"아서라, 내 이래서 못 쓰겠다. 하루라도 살았을 때 부친 의복 지으리라."

심청이 이날부터 저의 부친 사철 의복 미리 모두 준비할 제, 여름옷은 풀 먹이고 겨울옷은 솜을 두고, 헌 옷 누빈 누더기 옷 가지가지 빨아 깁고, 헌 버선 볼을 받아 대님 접어 목에 매고, 헌 갓은 먼지 떨어 갓끈을 새로 달고, 헌 망건 고쳐 꾸며 벽에다가 걸어 놓고, 행선일자 생각하니 다음 날이 출발이라. 밤은 적적 삼경 되어 밤하늘의 은하수가 한쪽으로 기울었네.

밥 한 그릇 정히 지어 좋은 술을 병에 넣고 나물 접시 갖춰 들고 모친 산소 찾아가서, 섬돌 아래 벌여 놓고

애통하여 하는 소리 금수라도 울겠구나.

"애고 어머니, 애고 어머니, 나를 낳아 무엇 하러 불공으로 정성들여, 열 달을 배에 넣고 그 고생이 어떠하며, 첫 해산 하실 때에 그 고통이 어떻겠소. 어머님 정성으로 이 몸이 태어나서 십 세가 넘었으나 그 은혜 못 다 갚고, 물 속의 혼령되어 속절없이 죽어지니. 불쌍한 우리 모친 제삿날이 돌아온들 보리밥 한 그릇을 누가 차려 놓아 주며, 풀이 자라 들을 덮어 소와 양이 지나가도 이 무덤을 뉘 지키리. 죽어서 혼이라도 모친 얼굴 보자 한들, 모친 얼굴을 내 모르고 내 얼굴을 모친 몰라 서로 의심할 터이니 혼인들 만나겠소, 넋인들 만나겠소. 내 손으로 차린 제물 마음껏 드옵소서. 애고 애고, 서러운지고."

하직 절을 하고 나서 집으로 돌아오니 아비 곤히 자는구나. 등잔불을 밝혀 놓고 아비 얼굴 바라보며 수족도 만져 보고 얼굴도 대어 보며,

"아이고 아버지. 날 볼 날이 몇 날이며 날 볼 밤이 몇 밤이오. 나의 도움 없었다면 동네 지리 훤히 알고 얻어먹기 수가 생겨 아무 염려 없을 것을, 소녀가 철이 난 후 밥 빌기를 놓았더니 다리에 힘이 없고 길 가기에 서투르니, 이제는 영락없이 동네 걸인 될 것이니, 눈치인들 오죽하며 멸시인들 오죽하랴. 아이고, 어쩔

거나. 몹쓸 년의 팔자로다. 웬 년의 팔자가 낳은 어미
얼굴 모르며, 낳은 아비 덕 못 갚는가?"

설움이 가득하여 울음이 북받치나 아비가 잠을 깰까
울지도 못하고서 속으로 흐느끼니, 먼 곳에 닭이 울
어 날이 점점 새는구나.

"닭아 닭아, 우지 마라. 함곡관에 사로잡힌 맹상군이
아니로다. 네가 울면 날이 새고, 날이 새면 나 죽는다.
나 죽는 건 괜찮으나 앞 못 보는 우리 부친 어찌 내가
잊고 가리."

날이 차차 밝아 오니 어느새 선인들이 사립 밖에 당
도하여, 심청이 이를 보고 정신이 어질하다. 선인들
을 겨우 불러 나직이 말을 하되,

"여보시오 선인네들. 오늘이 행선인 줄 내 이미 알거
니와 홀로 계신 우리 부친 내 몸 팔린 줄 모르오니, 부
친 진지나 잡숫게 한 후에 떠나고자 하오리다."

문을 열고 급히 나가 물을 긷고 쌀을 씻어 아침밥을
정히 지어 반찬을 장만하여 아비 앞에 상 드리고 상
머리에 마주 앉아 반찬을 가리키며,

"이것은 고기요, 이것은 자반이요, 이것은 젓갈이니,
진지 많이 잡수시오."

심봉사 아무 정황 모른 채로,

"이야 아가. 오늘 반찬 매우 좋다. 저 건너 장승상 댁

제사를 지냈느냐?"

"아니오. 집에서 장만하였소."

부녀지간 천륜인데 징조가 없을쏜가? 심봉사 간밤에 꿈을 하나 꾸었는데,

"간밤에 내 꿈을 꾸니, 네가 큰 수레 타고 한없이 가는지라, 그래 내가 너 붙들고 뛰고 울고 궁글고 구르고 야단을 하다가, 꿈을 깬 뒤에 해몽하니 수레라 하는 것은 귀한 자가 타는 것이라, 장승상 댁 부인께서 가마 태워 가려는가?"

심청이 더욱 기가 막혀 눈물만 흘리다가, 진지 상 물린 후에 밥 한 술 먹자 한들 목이 메어 먹겠느냐. 부엌으로 들고 나와 설거지를 하노라니 뱃사람들 늘어서서, 물 때가 지나간다 재촉하여 야단이라.

2-4.
부녀, 이별하다

심청이 아무리 생각해도 가여운 부친을 영영 속일 수 없는지라, 방문을 펼쩍 열고 부친의 앞자리에 우루루루 달려들어 부친의 목을 안고 엎어지며 하는 말이,
"아이고 아버지, 천하의 불효 여식 아버지를 속여 왔소. 공양미 삼백 석을 누가 저를 주오리까. 남경의 뱃사람께 인당수의 제물로 이 몸을 팔았더니, 행선이 오늘이라 뱃사람이 왔나이다. 오늘이 마지막이오니 이 딸을 보옵소서."
심봉사가 눈 뜨기는커녕 이런 눈 빠질 말을 들어 놓으니, 말을 썩 못하고서 실성발광 미치는데,
"허허 이게 웬 말인가? 아이고 이것이 뭔 말인가? 여봐라 청아, 이것이 과연 참말이냐? 애비더러 묻지도 않고 네 맘대로 한단 말이냐. 자식이 죽으면은 보던 눈도 먼다는데, 산 자식을 팔아먹어 어둔 눈을 어

찌 뜨리? 철 모르는 이 자식아, 애비 설움 네 들어라. 너의 모친 너를 낳고 칠 일 안에 죽은 후에, 눈 어두운 늙은 애비 품 안에다 너를 안고 동냥젖을 얻어 먹여 이만큼 자랐기로, 너의 모친 죽은 설움 너로 인해 잊었더니, 네 이것이 웬 말이냐. 눈을 팔아 너를 사지, 너를 팔아 내 눈 뜨리. 누구를 보자고 내 눈을 뜬단 말이냐. 나 눈 그만 안 뜰란다! 몽은사로 기별하여 그 쌀 도로 돌려주라!"

"한 번 시주한 후 어찌 도로 찾사오며, 벌써 다 썼을 텐데 찾으려 한들 할 수 있소?"

"인당수 용왕님이 사람 제물을 받는다면, 나도 또한 사람이니 그렇다면 내가 가제."

"나이 십오 세요, 온몸에 흠이 없는 여자라야 쓴다 하니, 아버님이 가시겠소?"

이때에 뱃사람들 성화같이 재촉하니, 심봉사 이 말을 듣고 밖으로 우루루루 엎어지며,

"네, 이 무지한 도적놈들아! 아무리 돈이 좋다 한들 눈 먼 놈의 무남독녀 철모르는 어린것을, 날 모르게 유인하여 값을 주고 산단 말인가? 너희 천하의 상놈들아. 옛날에 탕임금은 스스로를 희생하여 칠 년 가뭄 막았거늘, 장사의 제물로 십오 세 소녀가 웬 말이냐! 돈도 싫고 쌀도 싫고 눈 뜨기도 나는 싫다. 이보

시오 사람네들, 저런 놈들 그냥 두오?"

심봉사, 마른 땅의 새우 뛰듯, 여산 폭포 돌 구르듯, 내리뒹굴 치뜅굴며, 가슴 탕탕 두드리고 발을 동동 굴러 대니, 심청이 부친을 부여안고 울며 불며 위로하되,

"아버지 부질없소. 불초한 이 자식은 조금도 생각 말고, 어서 수이 눈을 떠서 대명천지 훤히 보고, 착한 사람 구하여서 아들 딸을 다시 낳아 후사를 전하시오. 심청은 여식이라 설령 살아 있다 해도 남의 집 자식 되고 나면 어디에다 쓰오리까?"

심청이 하직하고 총총히 돌아서서 뱃사람들 따라갈 제, 끌리는 치맛자락 더듬더듬 걷어 안고, 비같이 흐르는 눈물 옷깃에 사무친다. 엎어지며 자빠지며 허둥지둥 따라갈 제, 동네 앞을 나서더니 건넛마을 바라보며,

"이진사 댁 큰아가 상침질 수놓기를 뉘와 함께 하려느냐? 김동지 댁 작은 아가 작년 오월 단옷날에 앵두 따고 놀던 일을 네가 벌써 잊었느냐? 금년 칠월 칠석에는 별을 보고 빌쟀더니, 이제 모두 소용없다. 언제 우리 다시 보랴. 팔자 좋은 너희들은 양친 모시고 잘 있어라. 심청이는 오늘 아침 부친과 이별허고, 죽으러 가는 길이로다."

남녀노소 모든 이가 눈이 붓도록 울던 차에 하늘도 아시는지 밝은 해는 어디 가고, 어둔 구름 자욱하며, 청산도 찡그린 듯, 초목도 눈물진 듯, 강물 소리 오열하듯, 곱던 꽃도 시들하네.

"묻노라, 저 꾀꼬리. 누구를 이별하기에 구슬피 울어 대나? 묻노라, 저 두견새. '귀촉도 귀촉도 불여귀'歸蜀道 不如歸 하며 우니, 값을 받고 팔린 이 몸 어느 때나 돌아오리."

바람에 날린 꽃이 얼굴에 부딪히니 꽃을 떼어 손에 들고,

"봄 산에 지는 꽃이 지고 싶어 지랴마는, 바람 결에 떨어지니 제 마음이 아니로다. 죽고 싶어 죽으리오, 모진 운이 이러하니, 그 누구를 원망하랴."

한 걸음에 돌아보고, 두 걸음에 눈물지으며 나룻가에 도달하니, 뱃머리에 자리 놓고, 심청이를 인도한 뒤, 닻을 감고 돛을 달아 어기양 어기양 노를 저어 배를 몰아 떠나간다.

2-5.
소상팔경을 지나가다

망망한 푸른 바다 탕탕한 물결이라. 물가의 갈매기는
꽃 핀 언덕으로 날아들고, 강물의 기러기는 모랫가에
내려올 때, 요란한 물결 소리 피리인가 하였더니, 노
랫소리 그친 뒤에 사람들은 간 데 없고, 물 위에 여러
봉우리만 푸르렀다.

'노 젓는 소리에 만고의 시름이 들었다'더니, 내가
바로 그렇구나. 멱라수에 빠져 죽은 굴원의 충혼
평안한가? 장사長沙 땅에 쫓겨났던 가태부賈太傅는
간데 없네.
'날은 저무는데 고향은 어드멘가, 강 위의 자욱한
안개 깊은 시름에 잠겨드네.' 황학루에 당도하니
최호崔顥의 유적이요,
'삼산은 하늘 밖에 반 넘게 나가 있고, 두 줄기 물

길은 백로주에서 나뉘었구나.' 봉황대 다다르니 이태백이 놀던 데라,

심양강을 돌아드니 백낙천은 어디 가서 비파소리 끊겼는고?

적벽강을 그저 가랴. 소동파가 놀던 풍월 예전과 꼭 같다마는, 한 시대의 영웅 조조 지금 어디 계시는가?

달 지고 까마귀 우는 밤 고소성에 배를 매니, 한산사 쇠북 소리 나그네 태운 배에 떨어진다.

진회수를 건너가니 격강隔江의 상녀商女들이 망국의 한 모르고서 '안개는 차가운 물 위에 어리고 달빛은 모래 위에 비쳤네' 노래만 부르더라.

소상강 들어가니 악양루 높은 집은 하늘 높게 떠 있는데 동남으로 바라보니 오산吳山은 첩첩이요, 초수楚水는 그득하다. 무산에 돋은 달은 동정호에 비치니 변치 않은 세상 모습 거울 속에 푸르구나. 황릉묘 적막한 곳에 두견새 슬피 울고, 깊은 숲의 원숭이는 자식 찾는 슬픈 소리, 외로운 나그네 구슬픈 심경, 뉘 아니 눈물 흘리리.

2-6.
심청이 인당수에 몸을 던지다

소상팔경瀟湘八景을 지나가서 한 곳에 도달하니 이곳
이 곧 인당수라. 광풍이 크게 일고 파도가 솟구치며
벽력같은 급한 소리 산천을 바꾸는 듯, 태산 같은 성
난 물결 하늘을 삼키는 듯, 자던 용이 놀라 울고 성난
고래 도망한다. 뱃전을 탕탕, 물결이 우르르 출렁. 심
청을 실은 배는 노도 잃고 닻도 잃고 돛대에 매단 줄
이 뚝하고 끊어져서 뱃머리 뱅뱅 도니, 뱃사람이 크
게 겁내 새 의복을 내어 입고 고사를 차릴 적에, 한 섬
의 밥을 짓고 술 한 동이 마련하며, 소머리에 큰 칼 꽂
고, 돼지 잡아 통째 삶아 그대로 받쳐 놓고, 삼색실과
三色實果, 오색탕수五色湯水, 어동육서魚東肉西, 좌포우혜
左脯右醯, 좌홍우백左紅右白 벌여 놓고, 심청을 목욕시켜
소복을 정히 입혀 상머리에 앉힌 후에 도사공이 고사
한다. 큰 북을 두리둥 둥둥둥 두리둥 둥둥둥.

"칩떠 잡아 삼십삼천三十三千, 내립떠 잡아 이십팔수
二十八宿, 오방신장五方神將, 사해용왕四海龍王, 지하의 십
대왕님, 서천의 팔만 부처님 다 굽어보옵소서. 하늘
이 만백성을 낳으실 때 직업 필히 준다 하나, 세상 직
업 모두 달라 사농공상士農工商 네 가지라. 우리가 배
운 직업 배 장사가 직업이라. 헌원씨가 배를 지어 막
힌 곳을 통케 하고, 하우씨가 치수하여 바다를 만드
시고, 신농씨가 장사꾼 내어 교역을 가르치니, 우리
가 하는 일은 세 임금이 낸 것이라. 바다에 배를 타고
장사하러 가옵는데 인당수 용왕님은 사람 제물 받는
고로, 황주 땅 도화동의 십오 세 된 심청이라. 인물이
일색이요 온몸에 흠이 없고 효행이 뛰어나서 비싼 값
을 얹어 주고 그 몸을 정히 사서, 재계하고 단장시켜
제물로 바치오니 부디 흠향하옵시고, 뱃머리의 대감
선왕, 뱃꼬리의 장군선왕, 허릿간의 화장선왕, 본당
의 각시선왕 함께 실컷 드신 후에, 바다 가는 우리 장
사 밤이면 편안하고 낮이면 돛을 달아 순풍을 안게
하고, 쟁반에 물 담은 듯, 배도 무쇠 배 되고 닻도 무
쇠 닻 되어, 억십만 금 이익을 내, 돛대 끝에 깃발 달
고 웃음으로 연꽃 받고 춤추고 돌아오게 점지하여 주
옵소서."
북을 두리둥 둥둥둥 고사를 끝내더니,

"심청아, 시급하다. 어서 급히 물에 들라."

심청이 거동 보소. 뱃머리에 나서 보니 새파란 물결이며 울울 바람소리, 풍랑이 크게 일어 뱃전을 탕탕 치니 심청이 깜짝 놀라 뒤로 펄떡 주저앉으며,

"애고, 아버지! 다시는 못 보겠네. 이 물에 빠지면 고기밥이 되겠구나."

무수히 통곡하다 다시금 일어나서 바람맞은 병신같이 이리 비틀 저리 비틀, 치마폭을 뒤집어쓰고 앞니를 아득 물고 수족을 벌벌 떨며 입을 열어 하는 말이,

"여보시오 뱃사람들, 도화동 쪽이 어드메요?"

"저 건너 검은 구름 적막하고 허연 구름 담담한 곳, 그 아래가 도화동일세."

심청이 바라보더니 가슴을 두드리며,

"아이고 아버지, 심청은 죽사오나 아버지는 눈을 떠서 천지만물 보옵시고, 소녀 같은 불효여식 생각지도 마옵소서. 나 죽는 것 서럽지 않으나 혈혈단신 우리 부친 이제 누굴 의지하리."

또 두 손을 합창하고 뱃장 안에 엎어져서 하느님께 비는 말이,

"도화동 심청이가 맹인 아비 원을 풀려 생목숨에 죽사오니, 밝은 하늘이 내려다보사 캄캄한 아비 눈이 며칠 안에 밝게 떠서 세상 보게 하옵소서."

빌기를 다한 후에 뱃사람들을 돌아보며,

"평안히 배질하여 억십만 금 이익 내어 고향으로 가올 적에, 도화동 찾아가서 우리 부친 눈 떴는가 바라건대 찾아주오. 눈을 떴으면 떴다든지, 세상을 버렸으면 버렸다든지, 그 소식 알아다가 나의 혼을 불러내어 그 말 부디 일러 주오."

"그 일은 염려 말고, 어서 급히 물에 들라."

심청의 거동 보소. 뱃머리에 썩 나서서 샛별 같은 눈을 감고 치마폭을 무릅쓰고 만경창파 위로 갈매기처럼 떴다 물에 가, 풍!

2-7.
용왕이 심청을 거두다

둥둥 배 떠나간다. 향불이 풍랑을 쫓고 밝은 달은 물
아래 잠겨, 고요한 아침같이 물결은 잠잠하고, 광풍
은 고요하며, 푸른 안개 피어오르니, 사공들이 처연
하여 망망히 바라보며,

"앗차차 불상허다. 우리 장사도 좋거니와 산 사람을
사다가 물에다 잡아 넣고 우리 후사 잘 되리오. 내년
부터 우리 모두 이 장사 그만두자."

어기야디야 어기야디야 둥덩 남경으로 떠나간다.

이때에 심낭자는 큰 바다에 들어가서 죽은 줄만 알았
더니, 옥황상제께옵서 몸소 남해 용왕께 명하시되,

"내일 효녀 심낭자가 그곳으로 갈 것이니, 물 한 점을
묻혀서는 큰일이 날 것이라. 수정궁에 들여 고이고이
모셨다가 삼 년이 지난 후에 세상으로 보내어라."

분부가 지엄하니 용왕이 식겁하여 물의 신인 강한지

장江漢之長, 천택지군天澤之君, 무수한 시녀들이 가마를 대령하고 그때를 기다리니, 옥같은 한 낭자가 과연 물에 빠지는구나. 선녀들이 급히 모셔 가마에 앉히거늘, 심낭자가 정신 차려 공손히 하는 말이,

"나는 인간 세상의 천한 사람이라. 용궁의 가마를 어찌 감히 타오리까."

여러 시녀가 여쭈오되,

"상제님의 분부이오니 만일 아니 타옵시면, 우리 수궁 탈나오니 어서 급히 타옵소서."

심낭자가 어쩔 수 없이 교자 위에 높이 앉고 팔선녀가 호위하여 풍악으로 들어갈 때, 천상천하의 선녀들이 좌우로 벌여 서니, 고운 복색, 좋은 패물, 향기도 이상하고, 풍악도 진동한다. 수정궁에 들어서니 인간 세상 아니로다. 주안상을 받아 보니 세상 음식 아니로다. 사해용왕이 시녀 보내 조석으로 문안할 제, 옥황상제 명령이니 대접이 오죽하랴.

이렇듯 수궁에 머무를 때, 하루는 천상에서 옥진부인이 하강하시니, 옥진부인 뉘신고 하니 인간 세상 곽씨 부인, 천상 광한전의 옥진부인 되었겠다. 용왕이 겁을 내어 사방이 분주하니 수궁이 발칵 뒤집힌다. 오색 구름 그득 싣고, 왼편에는 계수나무 꽃, 오른편엔 푸르른 복숭아 꽃. 청학·백학 호위하고, 봉황은 춤

을 출 제, 옥진부인이 들어와서 와락 달려들어 심청을 부여안고,

"내 딸 심청아! 네가 나를 모르리라. 내가 너의 어미로다. 내 딸의 지극한 효성, 부친 눈 뜨이려고 삼백 석에 몸이 팔려 이곳에 왔다기에, 너를 보러 내 왔노라."

심청의 얼굴을 끌어다가 가슴에 문지르며,

"아이고 내 새끼야! 귀와 목이 흰 것은 네 부친을 닮았구나. 손과 발이 고운 것은 어찌 아니 내 딸이랴. 내 끼던 옥가락지 지금 네가 끼고 있고, 수복강녕 새긴 동전 지금 네가 간직하니, 아이고 내 새끼야, 꿈이면 깰까 염려된다."

"아이고 어머니, 아이고 어머니. 이것이 꿈이요 생시요! 몹쓸 저를 낳으시고 칠 일 만에 죽으시니 모친 한번 못 뵌 것이 철천의 한 되었는데, 오늘 예서 모시오니 저는 한이 없사오나, 불효 여식 못난 소녀, 눈 어두운 백발부친 홀로 두고 떠나오니, 외로우신 아버지는 뉘를 의지하오리까?"

부인이 울며 가로되,

"너의 부친 너를 키워 서로 의지하였다가 너조차 이별하니, 그 마음 오죽하랴. 너를 만난 나의 기쁨, 너를 잃은 부친 설움에 비길쏘냐. 아비 영영 이별하고 어미 다시 상봉하니, 인간사 고락이란 영원하지 아니하

다. 오늘 나를 이별하고 부친 다시 만날 줄도 네가 어찌 알겠느냐? 광한전의 맡은 임무 비우기가 어려우니 이제 다시 이별이니 한탄한들 소용 있나. 나중에 다시 만나 즐길 날이 있으리라."

요령 소리 쟁쟁 나며 오색구름 승천하여 우두커니 가만 서서 가는 모친 바라보니 무상한 모녀지간 또 다시 작별이라.

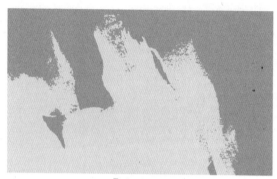

『심청전』

3부
만세 만세 만만세,
감았던 눈을 뜨네

3-1.
연꽃 타고 돌아온 심청

인간 세상 일 년이 용궁에서는 순식간이라, 용궁에서 보낸 시간 그새 삼 년이 지났구나.

옥황상제 명하시되,

"꽃다운 심낭자 방년이 늦어가니 인간 세상 환송시켜 귀한 배필 정해 주라."

용왕이 명을 받고 심낭자를 환송할 제, 꽃 한 송이 마련하고 두 선녀로 호위하여 인당수에 띄웠겠다. 오색 구름 어려 있는 꽃봉오리 떠 있거늘, 남경 갔던 뱃사람들 억십만 금 이윤 내어 고국으로 돌아올 제, 인당수에 도달하여 제물 다시 정히 차려 심낭자의 혼을 불러 슬픈 말로 제 지낸다.

"심낭자여, 심낭자여. 하늘이 낸 효녀 심청. 부친 눈을 뜨이려고 인당수의 제물 되신 가여우신 심낭자여. 우리 남경 뱃사람들 낭자의 인연으로 장사의 이문 내어 고국으로 돌아가나 한 번 가신 낭자의 넋 언제 다시 돌아올까? 이 술 한 잔 올리오니 부디 흠향하옵소서!"

사공이 모두 울며, 제물을 물에 풀 때, 눈물 씻고 바라보니 난데없는 꽃 한 송이 물 위에 둥실 떠 있거늘, 뱃사람들 괴이하게 여겨 저희들끼리 의논하되,

"저 꽃이 웬 꽃으로 바다 위에 떠 있는고? 망망한 큰 바다에 꽃봉오리 떠 있는 게 아무래도 이상하다. 왕소군과 우미인이 죽고 나서 풀이 되니, 하늘이 낸 효녀 심청 죽고 나서 꽃이 되리."

꽃을 건져 배에 싣고 뱃장 안에 놓고 보니 크기가 수레 같고 향취가 진동하니, 뱃사람들 둘러싸고 꽃 이름을 지으려 한다.

"충성스런 충신화, 학덕 있어 군자화, 은거하면 은일화, 청빈하면 한사화寒士花라, 사람의 행실 보아 꽃 이름을 짓는지라. 이 꽃은 정녕 심낭자의 넋일지니 효녀화라 이름하자."

고국에 돌아와서 남은 재물 나눌 적에 배 주인이 웬일인지 재물일랑 마다하고 꽃송이만 차지하여, 화분을 운반하여 황성으로 올라간다. 이때가 어느 때인가 하니 송나라 천자께서 황후가 붕어하신 후 간택을 아니 하시고, 화초에 취미 붙여 상림원의 많은 땅과 황

극전 넓은 뜰에 각양각색 화초 심어 조석으로 즐기시니, 세상천지 온갖 꽃이 여기에 다 있구나.

주막이 어디인지 물으니 목동이 살구꽃 핀 마을 가리키는 행화杏花, 고깃배가 물 따라가 봄이 온 산 좋아하여 양 언덕을 끼고 가는 도화桃花, 기생이 손님을 부끄러워 말라고 잠시 봄을 맞은 이화梨花, 피 나도록 울다 죽어 한이 서린 두견화杜鵑花, 곡강의 봄 술에 사람마다 취해 있고 꾀꼬리 곳곳에서 울어 대는 신이화辛夷花, 술 살 돈을 아끼지 마시오 그대 다시는 못 본다오 하는 촉규화蜀葵花, 산봉우리에 잘못 들어서니 양쪽 길에 봄빛 가득한 작약화芍藥花, 달 밝은 누각에 미인이 있어 부끄러움 감추고 담장에 피는 매화梅花, 꽃 중의 부귀를 뜻하는 모란화, 끝없는 백사장의 해당화海棠花, 중양절에 용산에 올라 술 마시는 황국화黃菊花, 봄마다 맑은 향 내는 단계화丹溪花, 활짝 핀 꽃이 산을 붉게 물들이는 철쭉화에, 백일홍, 사계화四季花, 맨드라미, 봉선화. 각색 꽃이 난만하여 바람이 언듯 불면 향취가 진동하고 달빛이 올라오면 그림자가 뜰에 차니, 궁 안은 봄이요, 태평세월이로다.

배 주인이 화분 끌고 궐문 밖에 도달하여 사연을 아뢰니 황제가 기뻐하여 후한 상을 주셨겠다. 화분을 받아들어 자세히 살피시니, 크기는 수레 같고 곱기는 태양 같고 향기가 진동하며 붉은 빛이 영롱하니, 황제가 사랑하여 중요한 업무 중에 틈만 나면 보시더라. 하루는 물소리가 은병에 떨어지고 밝은 달빛이 옥섬에 비치거늘, 황제께서 뜰에 나와 천천히 걸으시며 화단 곁을 배회하사, 꽃봉오리 벌어지고 무슨 소리 들리거늘 자세히 살펴보니, 천상의 선녀가 꽃봉오리 벌리고서 가만히 엿보다가, 인적을 눈치채고 꽃봉오리 닫는지라. 황제가 의혹하여 꽃봉오리를 열고 보니 한 낭자와 두 시녀가 그 가운데 앉아 있거늘, 황제가 반겨하며 물으시되,

"너희가 귀신인가, 사람인가?"

시녀들이 급히 나와 엎드려 여쭈오되,

"저희로 아뢰오면 남해 용궁의 시녀로서, 낭자를 뫼시고 바다에서 나왔다가, 황제의 용안을 범했으니 극히 황송하오이다."

황제가 들으시고 궁녀에게 분부하여 화분을 고이 들어 궁중으로 들여놓고, 날이 샌 후에 자세히 보니, 덕 있는 용모와 아름다운 얼굴이 분명한 선녀로다. 황제가 기뻐하여 황극전 조회 끝에 꽃에서 나온 선녀 일을 대신들과 의논하니 여러 신하들이 모두 아뢰기를,

"황후의 자리가 빈 것을 상제께서 걱정하여 좋은 인연 점지하여 친히 내려보내시니, 한 집안의 안주인이

며, 만백성의 어머니라. 하늘의 뜻을 따라 가례를 행하소서."

황제가 허락하여 날짜를 정하게 하니, 오월 오일 갑자일이로다.

길일이 당도하여 궐내에서 혼례를 올릴 제, 조정의 신하들은 황제를 옹위하고 육궁六宮의 후궁들은 선녀를 옹위하여, 용과 봉의 의장은 햇빛에 반짝이고 음악 소리에는 풍류가 넘치더라. 가례를 행하신 후에 황후를 책봉하니 문무백관들은 만세를 부르고, 온 천하의 생명들은 장수와 부귀를 기원하며 아들 낳기를 비는구나. 부부가 화목하여 황후의 덕이 널리 퍼져 온 나라에 풍년이 드는도다. 심황후는 궁궐의 산해진미에 몸과 기상이 달라지며 영화가 극진하나, 언제나 마음속에 숨은 근심이 있었으니 온종일 깊은 걱정, 오직 눈먼 부친뿐이로다.

3-2.
맹인 잔치를 열다

황후가 수심을 못 이겨서 시종을 데리고 난간에 기대
서니, 휘영청 밝은 가을 달은 산호 주렴에 비춰 들고,
귀뚜라미 슬피 울어 울적한 심사를 돋우는데, 창천의
외기러기 울면서 날아오니, 심황후 기러기를 불러 넌
지시 말을 한다. "울고 오는 저 기러기, 너의 설움 무
엇이라, 저리 슬피 우는 거냐? 짝을 잃고 우는 거냐?
배가 고파 우는 거냐? 도화동의 우리 부친 슬픈 소식
전하자고 나를 보고 우는 거냐? 슬하를 떠난 지가 삼
년이 넘었으되 소식 한 자 못 올리니 불효가 막심하
다. 부처님의 은혜로 감은 눈을 뜨셨는지, 도화동 백
성들이 자주 돌봐 드리는지, 눈을 만일 못 뜨시고 배
가 만일 고프시면 걸식하러 나오실 때 앞은 뉘가 인
도할꼬? 깊은 겨울에 군불은 누가 때며, 등이 가려우
면 이는 누가 잡아 주리? 고생이 그러하나 살아만 계

시오면 그나마도 천만다행이련마는, 불행히도 병이 들어 빈 방 안에 누웠으면 약 한 첩은 고사하고 물 한 모금 누가 주리. 홀로 돌아가셨다면 시신 누가 염습할꼬? 이 몸이 남자 되면 높은 곳에 올라가서 바라라도 보련마는 구중궁궐 깊은 곳에 지척을 알 수 있나." 울음을 울다 창공을 보니 기러기는 간데없고, 별과 달만 밝았구나. "무심한 저 기러기, 나의 말을 들었거든 부친 앞에 전해다오!"

이리 걱정 저리 걱정, 이마의 근심과 얼굴의 눈물자국 감추기가 어려우니 황제가 이를 알고 순순히 물으시되, "황후가 되시어서, 귀하기는 천하에 제일가고, 부유하기도 사해 안에 으뜸가나, 무슨 근심이 그리 많아 눈물을 흘리시오?"

심황후가 몸가짐과 용모를 단정히 하여 말하길, "여자는 자기를 사랑해 주는 사람 위해 얼굴을 꾸민다 하였는데, 근심하는 기색으로 황제를 뵈시니 황송하기가 그지없나이다. 주나라의 태임·태사는 그 덕이 세상 가득하고, 우리나라 선대 황후 세상이 그 덕을 기리는데, 신첩은 무슨 덕으로 만백성의 어머니가 되었는지, 아무런 공도 없이 자리만 차지하니 부끄러워 밤낮으로 근심하다, 한 가지 생각 얻었으나, 여쭙기가 황송하여 말씀 차마 못드리다 감히 우러러 아뢰옵니다.

주나라 문왕은 첫 정사로 노인을 편안히 모시었고,
한나라 문제께서는 꽃 피는 봄날 늙은 홀아비와 과
부, 고아, 자식 없는 노인들을 돌보셨으니, 백성 중에
불쌍한 것이 나이 늙은 병신이요, 병신 중의 불쌍한
것이 눈 못 보는 맹인이라. 어려운 백성을 구해야 한
다는 것이 공자님의 말씀이니, 천하 맹인 다 모아서
술과 음식을 먹인 후에, 유식한 맹인을 그중에서 모
시어서 성인의 귀한 글을 모두 모여 외게 하고, 그중
에서 늙고 병들고 자식 없는 맹인은 집을 지어 모아
두고 음식 내려 먹여주면, 무고한 그 목숨 크고 작은
화를 면할 터요, 그런 중에 황제의 덕이 만방에 미칠
테니, 황제께서 들으시어 쓸 만하면 실행하소서."
황제가 크게 기뻐하여, "장하다, 이 말씀이여! 과인의
부족함을 황후가 도우시니 만복의 근원이라. 청대로
하오리다." 그날로 명을 내려, "천하에 있는 맹인 위해
궐내에서 잔치하니, 방방곡곡에 널리 알려 서울로 보
내게 하라."
각 성마다 공문을 보내니, 각 성의 관리들이 각 읍에
명을 내려, 세상 천지 맹인들을 서울로 올려 보낼 제,
양반, 상민, 남녀노소 가릴 것 하나 없이 맹인이면 누
구든지 서울로 올라간다.

3-3.
심봉사, 뺑덕 어미를 만나다

이때 심봉사는 심청을 잃은 후에 죽지도 아니하고 모진 목숨 살아남아 근근이 지낼 적에, 도화동 사람들이 언덕 위에 비를 세워 심청의 뛰어난 효행 낱낱이 새겼으니, 비문을 구경하면 사람마다 눈물이라. 봄이 가고 여름 되나 산천은 적적하고 물소리만 처량하다. 딸과 같이 놀던 처녀 종종 와서 인사하니, 심봉사 딸 생각이 더욱더 간절하다. 딸 생각이 나거들랑 지팡막대 흩어 짚고 더듬더듬 찾아가서, 비문을 끌어안고 서럽게 울어 대니,

"아이고 내 새끼야. 인간 부모 잘못 만나 생죽음을 당했구나. 너는 내 눈 뜨려 외로운 넋이 되고, 못난 애비 모진 목숨 죽지 않고 연명하니, 이 지경이 웬 말이냐. 눈 뜨기도 나는 싫고, 세상 살기 귀찮구나! 나를 데려가라, 어서 나를 데려가라!"

비문 앞에 엎드려서, 내리뒹굴 치뒹굴며, 머리도 찧고 가슴도 쾅쾅, 두 발을 굴러 대어 요동을 치는구나.

이때에 동네 사람들이 심청이 남긴 돈과 곡식, 착실하게 불려 주어 심봉사의 살림살이 해마다 늘어나니, 그때 마침 그 동네에 한 과부가 있었는데, 이름은 뺑덕 어미요, 호는 뺑파라. 생긴 모습 하는 행실 고금에 찾기 어렵더니, 생긴 모양 볼라치면, 말총 같은 머리털은 하늘을 가리키고, 됫박 이마, 일 자 눈썹, 움푹 패인 눈매 하며, 주먹코에 메주 볼에, 송곳 턱은 삐쭉하고, 입은 큼직하여 궤짝 문을 연 듯하고, 이는 드문드문 써레질을 하겠구나. 축 늘어진 혓바닥은 짚신짝을 삼겠으며, 떡 벌어진 어깨죽지 키질이라도 하겠구나. 솥단지 같은 손등하며, 짚동 같은 허리하며, 배는 북통만 하고, 엉덩이는 부잣집 대문짝, 속옷을 입어서 거기는 못 보아도 입매를 보아 하니 대강은 짐작하고, 퉁퉁 부은 다리에 발톱은 시꺼멓고, 발은 거대하여 신은 한 자 반이라.

생긴 모양 이래 노니, 그 누가 돌아보랴. 봉사 서넛 절단 내고 아직 서방 못 얻다가 때마침 심봉사네 넉넉하단 말을 듣고, 놀고 먹을 심산으로 자원하여 첩이 되니, 심봉사는 뺑덕 어미에 떡 하니 정을 붙여, 서러운 마음 간데없고 딸 생각도 잊어버려, 날마다 웃음

<u>으</u>로 세월을 보내더라. 뺑덕 어미 몹쓸 년은 심청이 가 남겨 놓은 심봉사네 살림살이 하루하루 조겨 대 니, 인물도 인물이거니와 행실 또한 고약하더라.

그 행실 볼라치면, 밤이면 마을 돌기, 낮이면 낮잠 자 기, 양식 주고 엿 사먹기, 의복 잡혀 술 퍼먹기, 빈 담 뱃대 손에 들고 행인에게 담배 얻기, 머슴 잡고 아양 떨기, 젊은 중놈 유인하기, 코 큰 총각 술 사주기, 이 불 속에 방귀 뀌기, 잠자면서 이빨 갈기, 한밤중에 주 정하기, 웃통 활짝 벗고 정자 밑에 낮잠 자기, 남의 집 봉창에다 불이야 소리치기. 온갖 악증 다 겸하여, 오 뉴월의 까마귀가 곯은 수박 속 파먹듯, 심봉사네 남 은 재산 모두 빨아먹는지라, 여유 있던 살림살이 떡 값·술값에 다 녹는다.

하루는 심봉사가 궤짝 속을 뒤져 보니 엽전 한 푼 없 었더라. 심봉사가 기가 막혀,

"이보게 뺑덕 어멈! 돈 궤짝에 엽전이 한 푼도 없으니 이 어인 일이런가?"

"이보소, 영감! 여태 자신 게 무엇이오? 고기 사고, 술 사고, 떡 사고, 담배 산 것, 모두 다 그 돈이지, 돈이 어 디서 나것소?"

심봉사 듣더니,

"그러하면 김동지 댁 맡겨 뒀던 돈 백 냥 찾아오소."

"하이고, 영감! 그 돈 벌써 찾아다가 꽃실네 집 해장
값 주고, 김순장 댁 돈 백오십 냥 불똥할미네 떡국값
·엿값·술값 주고, 이진사 댁 돈 삼백 냥 복숭아·앵
두·자두·살구 값 주었소."

심봉사 기가 막혀,

"잘 먹었다, 잘 먹었어! 이 몹쓸 뺑덕 어미야! 네 이년
아 몹쓸 년아, 네 이것이 웬일이냐? 효녀 자식 심청이
가 애비 위해 남긴 재물, 네가 어찌 없앴느냐? 아이고
청아, 아이고 청아. 예끼 무상한 이 자식아! 너는 죽어
모르건만, 애비는 살아 고생이다. 눈 뜨기도 나는 싫
고, 세상 살기 귀찮구나. 나를 잡아가라, 어서 나를 잡
아가라!"

이렇듯 울음 우니 뺑덕 어미 하는 짓이,

"하이고 영감! 지지난 달부터 달거리를 딱 그치니, 밥
맛은 뚝 떨어지고, 신 것만 똑 당겨서, 살구 일곱 섬
사 먹었기로, 나를 그리 괄시하오?"

눈치 모르는 심봉사 그 말에 좋아라고,

"아니, 무엇이 워쩌? 이 잡것 태기로세! 남녀 간에 무
엇이나 눈 먼 딸자식이라도 부디 하나 낳기만 하세!"

사연이 이리 되니, 남 보기가 부끄러워 남은 기물 모
두 팔아 고향땅을 떠나간다.

3-4.
잔치 가는 심봉사, 벌거벗은 알봉사

이때 심봉사는 뺑덕 어미와 전전하여 형주 땅에 도달하니, 형주자사가 심봉사를 불러 분부하되,

"지금 황성에서 맹인 잔치 열렸는데, 만일에 불참하면 중벌 면치 못하리니, 어서 급히 올라가라."

심봉사 그 길로 뺑덕 어미 앞세워서 황성길에 오르더니, 하루는 날 저물어 주막 찾아 잠자는데, 뺑덕 어미가 생각하니,

'황성에 들어가도 맹인이 아닌 나는 잔치 구경 할 수 없고, 잔치를 보고 나서 집으로 돌아가면 남은 가산 없는 고로 무엇으로 먹고 살리.'

뺑덕 어미 그 길로 봇짐 들고 내뺐더라. 그때에 심봉사는 아무런 줄 모르고서 새벽녘에 일어나서 뺑덕 어미를 찾는데,

"여보게 뺑파, 뺑덕 어멈! 이리 오소, 이리와!"

아무리 더듬고 찾아봐도 도망간 뺑덕 어미 있을 리가 있겠는가. 심봉사 그제서야 뺑덕 어미 달아난 줄 뒤늦게 알아채고 자탄하여 하는 말이,

"아이고 이 일을 어쩔거나. 뺑덕 어미 갔네그려. 덕이네 뺑덕이네. 뺑덕이가 갔네그려. 천하에 의리 없고 사정없는 이년아. 수백 리 타향에 와서 날 버리고 네 잘 되리. 아이고 내 신세야. 앞 못 보는 이 병신이 황성 천리 먼먼 길을 무슨 수로 갈 것인가? 아이고 내 신세야, 아이고 내 신세야. 순임금은 성인이라 눈동자가 네 개이고, 부처님은 도량 깊어 천 개의 눈 가졌으나, 이 내 몸은 무슨 죄로 눈 하나도 못 보는가. 아이고 내 신세야, 몹쓸 놈의 팔자로다."

날이 차차 밝아 오매 심봉사 행장 지고 홀로 길을 나섰더라.

가는 길도 모르면서 더듬더듬 길을 짚어 부지런히 앞을 가니, 때는 오뉴월이라 타는 더위에 비지땀이 흐르는데, 어느 곳에 당도하니 물 흐르는 소리 들려온다. 심봉사 목욕을 할 양 더듬더듬 나아가서 봇짐 의복 벗어 놓고 물에 풍덩 들어서니,

"얼씨구나 지화자 좋네! 얼씨구나 좋다!"

툼벙툼벙 노닐다가 물가에로 나와 보니 의관 행장 도둑맞아 어디에도 간 곳 없네. 강변을 두루두루 사방

으로 더듬더듬, 사냥개가 먹이 찾듯 이리저리 더듬으나 무엇인들 있을쏜가? 심봉사 탄식하여,

"아이고 아이고, 이제 나는 죽었구나. 옷을 홀떡 벗었으니 굶어서도 죽을 테요, 데어서도 죽겠구나. 네 이놈의 좀도둑아. 허다한 부잣집의 남는 재물 가져가지, 눈 먼 놈의 초라한 짐 갖다 먹고 온전할까? 귀머거리, 앉은뱅이 병신 신세 서러움되, 어느 놈의 팔자 되어 눈 먼 봉사 되었는가?"

그때 마침 무릉 태수 황성 갔다 오는 길에 심봉사 곁을 지나가니, 행차하는 소리 듣고 좋아라고 반겨 댄다. 심봉사 거동 보소. 벌거벗은 알봉사가 한 손으로 앞 가리고, 한 손에는 지팡이 짚고, 엉금엉금 기어가며 억지소리 하는구나.

"네 이놈아! 내가 지금 황성 가는 소경이다. 너의 성명 무엇이며, 이 행차는 무엇인가?"

행차가 길을 멈추고 무릉태수 하는 말이, "나는 무릉태수이거니와 그대는 누구인가? 어디 사는 소경이고, 어찌 옷을 벗었으며, 무슨 말을 하려는가?"

심봉사 아뢰오되, "이 맹인은 황주 도화동의 심학규요, 황성잔치 가는 길에 목욕하고 나와 보니 봇짐 의복 모두 잃어, 대낮에 나온 도깨비 신세, 나아갈 수도 물러설 수도 없소. 나으리 부디 도우시어, 찾아주고

가시거나 물어 주고 가 주시오."

태수가 이 말을 들으시고 불쌍히 여기사, 의관과 신
과 노자를 내어 주니, 심봉사 신나하며,

"거, 황송한 말씀이나 흉악한 도적놈이 담뱃대도 가
져갔소!"

태수 웃으시며 담배를 내리시니, 심봉사 조아리며,

"은혜가 뼈에 사무치오!"

3-5.
황성 들판에서 방아를 찧다

심봉사 하직하고 황성으로 올라갈 제 대성통곡 우는 말이, "어진 수령 만나 뵈어 의복은 입었으나, 앞 못 보는 늙은 봉사 인도할 이 하나 없어, 황성 객지를 무슨 수로 찾아갈까!"

이렇듯이 탄식하며 더듬더듬 나아가니 새소리 시끄러워 해질녘이 되었구나. 밤이 점점 깊어 가니 진퇴유곡 이내 신세 그 어디로 향하리오. 탄식하고 섰노라니 바람결에 방아소리 어른어른 들리거늘, 내심 반겨 생각하되, '옳지, 이 근방에 마을이 있겠구나.' 지팡이를 더듬더듬 바람소리 쫓아가며, 방아소리 나는 데로 한참을 찾아가니, 한 여인이 나서면서 큰소리로 호령하니 목청 한 번 사납구나.

"남녀가 유별함은 삼척동자도 다 아는데, 여인네만 모인 곳에 의관을 한 남정네가 무턱대고 달려드니,

아니 이런 니미럴 것, 눈망울을 콱 집어낼까!"

심봉사가 들어보니 여인 기세 대단하여, 밥 굶은 밤 손님이 센 체해선 안 될 터라, 턱을 바싹 내리 깔며, "황성 아씨들이 눈망울 잘 뺀다기에, 눈망울을 아예 빼어 우리집에 두고 왔제."

여인네 하는 말이, "그 손님네 눈 없는가 자세히 살펴 보라." 등불 들고 와 보더니, "아이구매 참말로야, 그 손님 눈이 없네. 눈망울도 없는 것이 어찌 밤에 찾아 왔나? 잔치 오는 봉사인가? 요새 봉사 시세 좋네! 기 왕에 온 것이니 방아 쪼깨 찧어 주소."

심봉사가 농으로 슬쩍 대답하되, "천리타향 두루 돌 아 먼 길 가는 길손더러 공연히 방아를 찧으라 하니, 방아를 찧어 주면 무엇이나 줄라는가?"

"하이고, 그놈의 봉사 의뭉도 하다. 주기는 뭘 줘? 밥 이나 얻어먹제."

"밥이나 얻어먹자고 방아를 찧어 줄까?"

"그러하면 무엇을 주어? 고기를 줄까?"

심봉사 하하 웃으며, "그것도 고기야 고기지만, 주기 가 쉬울라고?"

"줄지 안 줄지 어찌 아나? 방아나 일단 찧고 보게."

심봉사 방아에 올라서서 떨구렁 떨구렁 방아를 찧어 보는데, "어우야 방아요, 어우야 방아요. 얼크덩 떵떵 잘 찧는다. 방아 찧는 동무들아 방아 처음 만든 사람 알고 찧나, 모르고 찧나. 태곳적에 천황씨天皇氏가 목덕木德으로 왕 하시니 이 나무로 왕 하셨나. 유소씨有巢氏 새집 보고 나무로 집 만드니 이 나무로 집 지었나. 신농씨神農氏가 나무 깎아 쟁기를 만드나니 이 나무로 깎았는가. 어우야 방아요, 어우야 방아요. 경신년 경신월 경신일 경신시 강태공이 금덕金德으로 목덕木德을 다스리네. 들로 가면 말방아요, 강가에는 물방아, 혼자 찧는 절구방아, 이 방아는 디딜방아.

어우야 방아요, 어우야 방아요. 이 방아 모양새가 사람을 본떴는가. 두 다리를 쩍 벌렸네. 옥 같은 귀밑머리 발그레한 얼굴에다 비녀를 찔렀구나. 길고 가는 허리 보니 우미인의 맵시런가. 어우야 방아요. 덜컹덜컹 잘 찧는다. 어우야 방아요, 어우야 방아요. 사철 찧는 쌀방아, 명절 때는 떡방아, 지글지글 보리방아, 찧기 좋은 나락방아, 호호 맵다 고추방아, 고소하다 깨방아. 황성 천리 가는 길에 신명나기 처음이네. 오르락내리락 잘 찧는다. 삐걱삐걱 잘 찧는다. 어우야 방아요."

이리저리 장난하며 밤 깊도록 방아 찧고, 사랑에서 편히 자고, 아침까지 얻어먹고, 동네 아이 인도하여 대궐 앞에 당도하니, 세상 봉사 수만 명이 모두 한데 모였구나.

3-6.
심씨 부녀 상봉하다

이때 심황후가 부친을 만나 뵈려 맹인 잔치 베풀어
서, 천하 맹인이 오는 대로 성명, 연세, 다 물어서 책
으로 꾸몄으되, 심봉사의 성명 석자 암만해도 볼 수
없다. 몽은사 부처님이 눈을 뜨게 하셨는가? 추위와
굶주림에 황천길로 가셨는가? 의심이 많아져서 잠도
밥도 달지 않네.

대궐 문을 크게 열고 봉사들을 불러들여, 각 부대의
군사들이 봉사들의 손을 잡아 궐 안으로 인도하고, 내
시들은 종이 들고 거주·성명·연세·직업·자녀유무·
가세빈부·유식무식, 일일이 다 물어 쓴 후, 시녀에게
내어 주어 황후전에 올리오니, 황후가 보실 적에 직업
이 다 다르구나. 경을 읽어 사는 봉사, 점을 쳐서 사는
봉사, 계집에게 얻어먹는 봉사, 아들에게 얻어먹는 봉
사, 딸에게 얻어먹는 봉사, 풍각쟁이로 사는 봉사, 걸

식으로 사는 봉사, 아들이 앉은뱅이라 제가 빌어다 먹이는 봉사. 그중에 한 봉사는 도화동의 심학규로 나이가 63세, 직업은 먹고 자기, 자식 없이 지내다가 늘그막에 얻은 딸을 제물로 팔아먹고, 부친 말년 의탁하라 남겨 놓은 돈과 곡식 뺑덕이란 계집년이 탈탈 털어 날려먹고, 유무식을 따지자니 20세에 눈이 멀어 사서삼경 읽었노라. 심황후가 기록 보고 오죽이나 반갑겠나? 내색을 아니 하고 시녀에게 분부하되,

"이중에 심 맹인을 주렴 밑에 앉게 하라."

내관이 명을 듣고 심봉사를 인도하여 주렴 아래에 앉히거늘, 황후가 내다보니 완연하신 부친이라. 심황후 거동 보소. 산호 주렴 걷어 내고 우루루루루루루 달려 나와 부친의 목을 안고, "아이고 아버지!"

한 번을 외치더니 말을 잇지 못하는구나.

심봉사가 느닷없이 이 말을 들은지라, 황후이신지, 궁녀인지, 굿 보는 사람인지, 누구인 줄 알 길 있나.

"아버지라니, 누가 날더러 아버지랴? 나는 아들도 없고 딸도 없소. 무남독녀 외동딸은 물에 빠져 죽은 지가 삼 년이나 되었는데, 아, 이것이 웬 말인가, 누가 나를 놀리는가, 자세히 좀 말을 하소!"

황후가 얼굴에 눈물이 가득하여, "아이고 아버지, 인당수에 빠져 죽은 심청이가 살아왔소. 천신이 감동하

여 나는 다시 살아왔는데, 아이고 아버지, 여태 눈을 못 뜨셨소?"

심봉사가 들어 보니 목소리가 심청이라. 손목을 꼭 잡으며, "애고, 이게 웬 말이냐? 죽어서 혼이 왔느냐? 내가 수궁을 들어왔느냐? 아니면 내가 꿈을 꾸느냐? 이것이 웬 말이냐? 죽고 없는 내 딸 심청, 살아오다니 웬 말이냐? 내 딸이면 어디 보자. 아이고, 이놈의 팔자하고, 눈 있어야 앞을 보지. 죽었던 딸자식이 살아서 돌아왔는데 눈이 없어 내 못 보니 이런 팔자 어디 있나?"

황후가 손을 들어 봉사 눈을 씻으면서, "소녀 효성 부족하여 내 목숨만 살아나고 아비 눈은 못 떴으니, 이 몸이 다시 죽어 옥황상제께 하소연 해 부친의 눈 뜨리다."

심봉사가 깜짝 놀라, "내 딸이 살아오니 눈 못 떠도 한이 없다. 죽지 마라, 죽지 마라."

황후를 붙들고 울음을 우는데, 용왕의 조화인지, 옥황상제의 조화인지, 뜻밖에 청학 백학 왕래하고 오색 구름 두르더니, 심봉사 두 눈이 떡 하니 갈라 떨어지며 눈이 활짝 밝았구나.

"아이고, 어찌 눈깔이 이렇게 근질근질하고 섬섬섬섬 하다냐? 아이고 이놈의 눈 좀 떠서 딸을 보자. 이놈의 눈 좀 떠서 내 딸 보자!"

3-7.
천하 맹인 눈을 뜨다

이때에 모여 있던 수만 명의 맹인들이 심봉사 눈 뜨는 소리에 일시에 눈을 뜰 제, 여름 하늘 번개 치듯 번뜩 번뜩 번뜩 하고, 갈치새끼 밥 먹이듯 짝 짝 짝 짝 하니, 가다 뜨고, 오다 뜨고, 서서 뜨고, 앉아 뜨고, 울다 뜨고, 웃다 뜨고, 일하다 뜨고, 놀다 뜨고, 자다 뜨고, 깨다 뜨고, 금수라도 모두 뜨고, 백태 낀 눈, 다래끼 난 눈, 핏대 선 눈, 눈곱 낀 눈, 천연두로 잃은 눈과 안질로 잃은 눈들, 모두 모두 뜨는구나.

감은 눈을 뜨고 나니 세상천지 낯설도다. 심생원이 그제서야 정신 차려 좌우 보니, 칠보금관 황홀하신 부인 한 분 옆에 계셔, 썩 돌아앉아 내외를 하니,

"아버님, 소녀 죽었던 청이옵니다. 살아서 황송하게 황후가 되었사옵니다."

심생원이 황후의 모습 가만히 살펴보나, 딸이라 하니

딸인 줄 알 뿐, 처음 보는 딸의 얼굴 무슨 수로 알아보랴. 죽을 둥 살 둥, 그저 좋아 어깨춤을 둥실 추되,

"얼씨구 좋을시고, 절씨구 좋을시고. 어둔 눈을 뜨고 보니 황성 궁궐 장엄하고, 궁 안을 살펴보니 죽은 내 딸 황후 됐네. 양귀비가 환생했나? 우미인이 환생했나? 아무리 다시 봐도 내 딸 심청이라. 딸의 덕에 눈도 뜨니 다시없이 기쁘구나! 얼씨구 좋을시고, 절씨구 좋을시고!"

여러 맹인들도 심생원과 함께 춤을 추니,

"지화자 좋을시고, 지화자 좋을시고. 세월아 가지 마라. 세월아 가지 마라. 한 번 지나간 봄 다시 돌아오건마는, 우리 인생살이 한 번 늙고 나면 다시 젊기 어려워라!"

이때 황제께서 황후가 부친 상봉한 소식 듣고 내전에 납시었더니, 심 맹인이 눈을 뜨고 수만 명 맹인이 눈 뜨는 것 친히 바라보신 후에,

"만고에 없는 경사로다."

풍악을 울리게 해, 헤어졌다 재회함을 노래하고, 태평한 세월을 축하하니, 용을 새긴 생황, 봉황 넣은 피리, 당나라의 장고소리, 주나라의 팔일무八佾舞를 여러 악공들이 화답할 제, 팔자 좋은 심생원과 새로 눈뜬 사람들이 궁궐 뜰에 늘어서서 장단 없는 춤이로되

제멋대로 벌이고서 그 덕을 기리는구나.

"얼씨구나 좋을시고! 구 년 동안 장마 끝에 드디어는 볕을 보니, 얼씨구 좋을시고! 칠 년 동안 가뭄 끝에 종내에는 큰 비 오니, 얼씨구 좋을시고! 눈보라 치는 추운 날에 마침내는 해를 보니, 얼씨구 좋을시고! 한밤중의 캄캄할 때 결국에는 달이 뜨니, 얼씨구 좋을시고! 삼황三皇의 덕을 갖추시고, 오제五帝의 공이 겸하시니, 얼씨구 좋을시고! 태임과 태사 같고 여자 중의 요순 같은 자애로운 우리 황후, 온 세상에 비를 뿌려, 썩은 뼈에 살이 나고 마른 나무에 꽃이 피니, 얼씨구 좋을시고!

캄캄한 우리 눈이 부모 얼굴 모르더니, 밝고 밝은 이 세상의 오색을 분간하네! 일월성신 구경하네! 산천초목 만나 보네! 아름다운 궁궐 보네! 의관문물 바라보네! 얼씨구 좋을시고!

다시 사는 은혜 입어 무엇으로 보답하리! 남산같이 오래 살아 무너지지 마옵소서! 냇물같이 복이 흘러 끊어지지 마옵소서! 천세 천세 천천세! 만세 만세 만만세! 얼씨구 좋을시고!"

무수히 절을 하며 합장하고 비는구나. 잔치가 파한 뒤에, 심생원은 부원군府院君으로 일품 벼슬 하사받고, 곽씨 부인 부부인府夫人 되어 국릉國陵으로 추존되고, 도화동은 일체 요역을 면제받고, 꽃 바친 배 주인은 성의 자사 관리로 삼고, 새로 눈 뜬 사람들은 후한 재물을 내린 후에, 이러한 기이한 일을 사기史記로만 전하면은 유식한 사람이나 알지, 하늘 아래 만백성이 모두 알 수 없을 테니, 영주각瀛洲閣의 학사를 시켜 언문으로 번역하여 대대로 전하게 하니, 이 사설을 들으신 후 남녀 간에 본받으면 집집마다 효자요, 집집마다 열녀로다. 할 말이 끝이 없으나 고수 팔도 아플 테요, 소리꾼 목 아플 테니, 어질더질!